Vorwort

Nach einer Vielzahl an Erzählungen wie zum Beispiel
"Feuchtgebiete", „Schoßgebete", oder "Shades of Grey", habe ich,
als Autor dieses Buches, meinen Kumpel Mike gebeten, seine
Geschichte erzählen zu dürfen.
Diese Erzählung beruht auf wahren Begebenheiten und zeigt den
oftmals schweren Weg eines Mannes von der Pubertät bis zu seinem
Ziel, dabei hat er im Leben mal mehr oder weniger zu kämpfen. Wir
Männer haben es oft auch nicht leicht, da von uns meist mehr
erwartet wird, als zu Dem wir bereit sind oder können.
Ein Mann ist nicht vollkommen ohne Gefühle ausgestattet und auch
gar nicht so schwer zu verstehen.
Wer die folgenden Seiten aufmerksam ließt, kann sich vielleicht ein
Stück weit in die Männerwelt hinein versetzen oder die Spezies
Mann vielleicht sogar verstehen und im schlimmsten Fall das
Gelernte gegen ihn einsetzen bzw. ihn damit auch vielleicht etwas
beeinflussen oder gar manipulieren, je nach dem, wie geschickt Frau
damit umzugehen versteht.
Auch ist dieses Buch gedacht, um den Frauen, die sich von
"Frauenbüchern" erotisch angetan fühlen, aufzuzeigen, wie sie ihre
Lüste und Phantasien mit dem Männerleben verbinden, oder
ergänzen können, um auf ihre Kosten zu kommen. Diejenigen
Welchen, die in einer Beziehung stecken, werden auch sicherlich die
ein oder andere Idee mitnehmen können um ein eventuell
eingeschlafenes Beziehungssexleben wieder zu puschen und die
Wünsche und Bedürfnisse des Mannes, mit den Eigenen zu
verbinden, um in prickelnder Extase wieder zu verschmelzen, durch
das man auch möglicherweise ein stärkeres Wir-Gefühl zurück
bekommt.
Aber auch für pubertierende, junge Männer kann diese Lektüre
durchaus hilfreich sein, um ihnen den Druck des sexuellen
Versagens beziehungsweise die Angst und das Muss vor dem ersten
Mal zu nehmen.
Und das Buch zeigt die Wandlung vom schüchternen kleinen
Jungen, über den vermeintlich angekommen Mann, über das wahre
Arschloch bis hin zum braven Familienmenschen.
Also im Großen und Ganzen ein Buch für beide Geschlechter, bei
dem nicht nur der blanke Ernst im Vordergrund steht, sondern auch

der Humor nicht zu kurz kommt, wenn er ab und an auch etwas schwarz ist, denn lachen zu können, alleine oder miteinander im Alltag oder im Bett hat noch keinem Menschen geschadet und auch keiner Beziehung, solange man sich nicht auslacht.

Liebe Männer, lasst euch erzählen wie es einem eurer Artgenossen ergangen ist und nehmt euch eventuell Anregungen mit.

Liebe Frauen, lasst euch inspirieren, aufklären, erklären und schämt euch nicht eure tiefsten Wünsche auszuleben und wenn sie noch so „versaut„ sind, so lange dabei kein anderer Mensch Schaden nimmt und beide Seiten mit dem getanen einverstanden sind.

Nun allen viel Spaß beim Lesen.

Inhaltsverzeichnis

Titel   **Seite**

Einleitung

Mike wurde 1981 in einer schönen Kleinstadt mit rund 20.000 Einwohnern geboren, die jedem seiner Bürger viele Möglichkeiten und Freiräume zur Entfaltung bietet.

Sein Aussehen ist eher Durchschnitt, so dass er auch nicht aus der Masse heraus stach. Die Haare als Kind strohblond, die sich aber bis Heute immer mehr ins dunkelblonde bis braune verfärben. Auch seine Größe ist ausgewachsen mit 1,85m guter durchschnitt, nur mit seiner Figur hatte er fast immer schon Probleme und lag eher etwas unter dem Mittelmaß. Anfangs als junger frischer Grundschüler spielte er noch Tennis, obwohl er immer Fussball spielen wollte, doch er hatte nie den Mut dies daheim ehrlich zu sagen. Je weiter die Jahre allerdings fortschritten, desto schlechter wurde er im Schulsport und nach dem er auch noch im Turnier die Qualifikation für die Jugend-Tennis-Mannschaft verpasste, war das Thema Sport erledigt. Endlich durfte er Fussball spielen, doch durch seine gut genährten Formen hatte er wenig Erfolg und als Ihm der Trainer nach der 5. Einheit eröffnete, das er eigentlich ein Jugendmann-schaft höher spielen müssen, war es mit Sport endgültig vorbei, da in dieser Mannschaft kaum Jemanden kannte und die, die er kannte, von denen wusste er, dass die ihn nicht mögen und nur mobben. Von nun an legte er an Gewicht zu bedingt durch gutes Essen und wenig Bewegung.

Aufgewachsen ist er, gut behütet in einer mittelständischen, konservativ angehauchten Familie, als Nesthäkchen mit einem 15 Jahre älteren Bruder. Er wurde gut und anständig erzogen, wusste sich zu benehmen, und galt als schüchtern.

In der Schule gehörte er allerdings eher zu den Aussenseitern bzw. zu einer kleineren Randgruppe und nicht zu den „Coolen„.

Bedingt durch diese ganzen Umstände interessierte er sich lange nicht für Mädchen, ihm war die Kindheit, Spielsachen und die wenigen Freunde wichtiger. Mike hatte zwar seine Schwärmereien, Mädchen die er toll fand, allerdings für ihn unerreichbar waren.

Eines Tages äußerte seine Mutter nebenbei sogar den Verdacht, er sei homosexuell da er mit Mädchen so gar nichts am Hut hatte.

Aus diesen ganzen Tatsachen entwickelte sich sein mittlerweile doch sehr interessantes Leben, welches ausführlich in den nächsten Kapiteln erzählt wird.

Kapitel I - Die Entdeckung

Mit etwa 12 Jahren begann Mike erstmals seine eigene Sexualität zu entdecken.

So richtig begann alles Ende der 5. Anfang der 6.Klasse, damals kamen die ersten Mitschüler aus Russland dazu. Diese waren 2 Jahre älter und hatten auch schon ganz andere Gedanken. Von ihnen lernte er das Interesse am anderen Geschlecht und diverse Ausdrücke wie blasen und ficken. Diese Begriffe versuchte er dann für sich selbst und ohne fremde Hilfe zu erforschen und sich zu übersetzen, was sie wirklich bedeuten.

Der Sexualkundeunterricht half ihm nicht wirklich viel, er wusste zwar dann warum Frau schwanger wird und wo sein Penis für dieses Ergebnis bei Frau rein muss, doch das war es dann auch schon. Er wusste nicht wofür Sex noch alles gut ist, er wusste nicht wie diese Vagina in Natur aussieht und er kannte nichts über die verschiedensten Spielarten. Somit blieb die Neugier und das Interesse noch weites-gehend gering.

Zu dieser Zeit gingen seine Eltern Freitags oft aus und das übernachten bei Oma und Opa wurde auch immer seltener, somit hatte er die Wohnung für sich alleine und stöberte die Videokassetten durch, auf der Suche nach unterhaltsamen Filmen. Dabei fand er auch die Sammlung seines Vaters, der sich damals sämtliche Erotikfilme aufnahm, die im neuerrungen Kabelfernsehen über die Mattscheibe flimmerten. Da er dann aber doch mehr wissen wollte, warum Leute auch außerhalb der Fortpflanzung Sex hatten und warum seine Mitschüler sagten das sei toll und man müsse es tun, zog er sich den ersten Film rein um zumindest diese Neugierde zu befriedigen. Dabei merkte er, dass sich bei eindeutigen Szenen etwas bei ihm rührt.

Verlegen aber neugierig, griff er in seine Trainingshose und fing nebenbei und unbewusst an, an seinem mittlerweile steifen Penis zu spielen. Erst streichelte er zaghaft seine blanke Eichel ganz behutsam mit zwei bis drei fingern, da dies doch noch ein unbekanntes Gefühl war mit einer Mischung aus prickeln, leichtem brennen und minimalstem Schmerz. Jedenfalls wusste er es nicht richtig zu definieren.

Dies machte Mike aber irgendwie nur noch geiler und dieses Gefühl, fast so wie ein Druck im Penis, wurde auch nicht schwächer, sondern eher nur noch stärker. Er wusste nicht weiter und beschäftigte sich intensiver mit der Hand in seiner intimsten Zone. Er strich mit der Hand überall hin, wo er was zu fassen bekam, kraulte mit sehr viel Vorsicht seinen Sack und damit auch die Eier, wanderte mit der Hand nach oben und umschling mit festem Griff den Schaft seines Gliedes. Als sich seine Hand wieder auf den Weg in Richtung Spitze machte bemerkte er, dass das was er da zufällig entdeckte, dieses schieben der Vorhaut über die Eichel, den Druck ein ganz klein wenig nahm beziehungs-weise davon ablenkte. Das daraus resultierende Gefühl gefiel ihm, also machte er weiter, sah sich den Film an und bei jeder Erotikszene spielte er an seinem Glied. Nach einiger Zeit, kam es wie es kommen musste, und Mike erlebte seinen ersten Orgasmus mit der dazugehörigen Ejakulation.

Beschämt machte er sich sauber und beseitigte alle übrigen Spuren. Begeistert, aber auch schockiert, über dieses Ereignis ging er ins Bett um erst mal eine Nacht drüber zu schlafen.

Als er am nächsten Tag aufwachte und nach dem Frühstück Zeit für sich alleine gefunden hatte, dachte er noch Mal drüber nach und kam zu dem Entschluss, dass es letztendlich geil war und er davon mehr haben will.

Somit nutzte er, ab dort an, jede Gelegenheit sich einem nach dem anderen zu wichsen.

Und Möglichkeiten gab es viele, sei es mit irgendwelchen Illustrierten, auch wenn die Damen bekleidet waren, doch ein sexy Outfit reichte, oder mit Papas Videofilmen und gelegentlich auch im Bett mit Hilfe seiner Fantasie. Dabei stellte er sich meist irgendwelche prominenten Frauen vor, die er in der ein oder Zeitschrift oder tagsüber im TV gesehen hatte.

Doch bald war der Zeitpunkt erreicht, an dem ihm der Handbetrieb nicht mehr ausreichte.

Daher entwickelte er nun Phantasien und Ideen wie er baldmöglichst richtigen, befriedigenden Sex haben könnte, doch er wusste nicht, dass es dafür noch Jahre brauchen würde.

Kapitel II - Die Phantasien und Versuche

Mittlerweile war Mike mit 13 Jahren auf die Realschule gewechselt, zählte nun schon zu den etwas "cooleren und besseren" Jungs, aber immer noch zu einer Gruppe die mit Mädchen weniger zu tun hatte und die beim weiblichen Geschlecht auch nicht die erste Wahl darstellten.

Angetrieben von dem festen Willen endlich Sex haben zu wollen, kam ihm die ein oder andere Idee und manche davon notierte er sich abends im Bett vor dem Schlafen, um sie ja nicht zu vergessen, doch am nächsten Morgen warf er seine Zettelchen immer wieder weg, damit seine Mutter sie nicht zufällig findet. Zu dieser Zeit hatte seine Mutter viel und oft Besuch von ihren Freundinnen, die teilweise auch ein gutes Stück jünger waren und so kam es, das meist diese die Hauptrolle in seinen Phantasien spielten, da sie gelegentlich auch über Nacht blieben, wenn sie wieder etwas zu viel Getrunken hatten, bei ihren Besuchen.

Mike stellte sich dann in seinen Gedanken vor, dass er zwar ins Bett ging, aber versuchte, so lange wach zu bleiben, bis er hören konnte, dass sich im Haus nichts mehr rührt. Danach wollte er ca. eine weitere halbe Stunde warten, um auch sicher zu gehen, dass sie schliefen, um dann wieder aufzustehen und sich ins Gästezimmer zu schleichen. Dort angekommen, würde er sich dann sehr vorsichtig und leise bis an den Rand des Bettes heranbewegen, inne halten und sich durch beobachten davon überzeugen, dass die Freundin auch wirklich schon schläft.

Nach dieser Art Kontrolle, sah sein Plan vor, dass er sich ruckartig auf das Bett und somit auf die jeweilige Freundin legen würde, um ihr fast gleichzeitig einen Kuss aufzudrücken. Überrascht von dieser Situation und des Kusses, würde sie, so dachte er es sich, das ganze Spiel mitmachen und ihn nicht wegstoßen. An diesem Punkt angelangt stellte er sich weiter, wie er nun die Bettdecke langsam bei Seite schob, um ihr den Schlafanzug zärtlich vom Körper zu streifen, dabei die Nacktheit und ihren sehr erregenden Körper zu betrachten, um schließlich seinen harten Penis, der es vor lauter Ungeduld kaum aushalten konnte, in ihre Vagina zu schieben, damit er endlich seinen ersten Sex erleben würde und somit dann auch in der Realität wusste, wie dieses weibliche Zentrum der Lust aussieht, es sich anfühlt und wo sein bestes Stück tatsächlich hinein gehört.

Am Ende dieser Vorstellungen und der Notizen, die er dabei machte, folgte fast immer die Masturbation, mit genau diesen Gedanken, heimlich in seinem Bett, unter der Decke, in seiner Schlafanzughose, die dann auch den ganzen Saft aufzufangen hatte. In seinen Phantasien herrschte ein bestimmtes Bild vor, wohl hauptsächlich ausgelöst von den Fotos in den Zeitschriften und den Darstellungen in den Filmen, wie die Frau schlechthin für ihn aussehen sollte. Sie musste lange Haare haben, am besten bis zur Mitte ihres Rücken, offen oder elegant nach oben gesteckt, die Farbe war ihm egal. Dazu sollte sie ein Top mit Spaghettiträgern oder noch besser eine weisse, schlichte Bluse tragen, um das Ganze mit einem Rock, dessen Länge maximal bis zu den Knien reichen durfte, abzuschließen. Darunter wünschte er sich eine nobles Set aus BH mit viel Spitze und dem dazu passenden String, am liebsten in schwarz kombiniert mit halterlosen Feinstrümpfen und breitem Rand ebenfalls aus Spitze, welche seiner Meinung nach, das weibliche Bein am besten betonen konnten in Verbindung mit Pumps.

Nun war Mike schon 14Jahre und hatte immer noch keinen Sex und sein drang danach wurde immer größer, doch es war keine wirkliche Lösung in Sicht.

Zu dieser Zeit kam es bei seinen Eltern, für ihn völlig überraschend, zur Trennung und somit hatte er erst Mal damit zu kämpfen, als damit seine Pläne in die Tat umzusetzen. Sein Vater zog aus, um übergangsweise bei seinem Vater, also Mike's Opa unterzukommen. Nach ein paar Wochen aber, stellte Mike fest, dass so eine Trennung nicht nur negative Seiten, sondern auch einiges positives zu bieten vorwieß.

So hatte seine Mutter nun noch häufiger Besuch von ihren Freundinnen, welche nun auch immer öfter als nächtlicher Gast blieben, da sie fast jedes Wochenende ausgingen und dann meist Fahruntüchtig zurück kehrten. Sein Vater war trotzdem immer für ihn da und man sah sich fast täglich, da Mike's Opa mit dem Fahrrad nur gute 10Minuten entfernt wohnte.

Die Pläne, die sich auf die Freundinnen seiner Mutter bezogen, schienen für Mike unmöglich, da ihm einfach der Mut dazu fehlte, dieses Risiko einzugehen, dass doch eine ablehnen und bei seiner Mutter petzen würde. Somit war er gezwungen sich eine Alternative zu suchen, was aber als noch unwahrscheinlicher erschien, als seine eigentliche Vorstellung.

In seinen nächsten Ferien nutze er die freie Zeit, war fast jeden Tag bei seinem Großvater, dies meist den ganzen Tag, um sich an dem PC, den sein Vater mitgenommen hatte, durch Renn- und Fussballspiele abzulenken. Dabei machte er eher zufällig eine Beobachtung, die ihn auf die nächste Idee bringen sollte, endlich den so ersehnten ersten Sex zu haben und woraus tatsächlich sein erster Versuch entstand.

Mike saß eines Montag's am PC, es war ca. kurz nach 12Uhr Mittags, sein Vater war arbeiten, da kam sein Opa ins Zimmer und gab ihm Bescheid, dass er jetzt einkaufen ginge und er sich nicht erschrecken solle, wenn gleich die Putzfrau kommt. Kurz darauf tauchte, die ihm soeben angekündigte Putzfrau auch auf, sie war ungefähr Mitte 40, nicht gerade die hübscheste, kam aus Kroatien und trug einen mittellangen Rock. Dem Ganzen schenkte Mike zu Beginn keine Aufmerksamkeit, bis daraus ein Einfall und ein Plan wurde.

Da sein Vater immer Montags arbeiten war, sein Großvater jeden Montag um die selbe Zeit einkaufen ging und die Putzfrau immer im selben Zeitfenster anwesend war, schmiedete Mike daraus den Plan, sie ist es, die er vernaschen würde. Abends, zu Hause, in seinem Bett, bevor er einschlief, malte er sich gedanklich die Handlungen aus.

Er würde am nächsten Montag, kurz bevor sein Opa das Haus verlässt, dort ankommen, so dass er noch hinein kommt, anschließend wollte er warten, bis die Dame, welche für die Sauberkeit verantwortlich war, eintrifft, denn sie begann immer mit der Küche. Zu diesem Zeitpunkt, überlegte Mike weiter, ginge er auf die Toilette, um dort, durch sanfte Berührungen und sexuelle Phantasien, für ein erigiertes Glied zu sorgen, über dieses er nun ein Kondom streifen könne.

Da war der Haken. Er war 14 Jahre, wo sollte er das Kondom herbekommen?

Da viel ihm, ganz in der Nähe, wo er wohnte, ein öffentliches WC ein, in dem sich ein Kondomautomat befand. Dieser war die Rettung, um die Durchführung, des in seinen Augen, perfekten Planes, weiter zu studieren.

Nach dem auch der Gummi endlich auf steifen Penis saß, wollte Mike die Treppe nach hinunter gehen, in das Erdgeschoss, in dem sich die Küche befand. Unten angekommen, müsste er nur noch einen kleinen Gang entlang und dabei 2mal links abbiegen, dann würde die Putzfrau, mit dem Rücken zu ihm, putzend am Herd stehen. Nun bräuchte er ihr nur noch den Rock hochschieben, den Slip bei Seite drücken und schon hätte er frei Bahn, um von hinten in sie einzudringen und den ersten Sex seines Lebens hinter sich zu bringen.

Als Mike am nächsten Tag aufwachte, schien der Plan perfekter denn je und so machte er sich Nachmittag mit seinem Rad auf den Weg um etwas durch die Stadt zu fahren und um "rein zufällig" an besagter öffentlicher Toilette vorbei-zukommen, eine Pause einzulegen und sich notwendigen Kondome zu sichern, da er ja weder Vater werden wollte, noch wusste er ja nicht ob sie eventuell krank war. Somit war die erste Hürde genommen, nun musste er am kommenden Montag nur noch den Mut finden es zu tun.

Nun war es so weit, besagter Tag war gekommen und es schien alles gut. Kurz vor Mittag holte Mike sein Fahrrad aus der Garage und machte sich tatsächlich, mit den Gummis ausgestattet, auf den Weg zum Haus seines Opa's. Er war rechtzeitig, als er eintraf, bereite sein Großvater gerade alles für den Einkauf vor. So saß sich Mike erstmal an den PC um keinen Verdacht zu erwecken, kurz darauf fand im Haus der Wechsel statt, die Putzfrau kam und der Opa ging und der Plan sollte weiter ausgeführt werden. Also verschwand Mike im Bad, setzte sich auf den Rand der Badewanne, öffnete seine Hose, nahm seinen kleinen Freund heraus und begann diesen, sanft mit drei Fingern von oben nach unten und zurück zu streicheln. Dabei stellte er sich vor, wie geil dieses Gefühl sein muss, wenn sein harter Penis den Eingang gefunden hatte und in der Vagina der Frau verschwand. Kurz darauf hatte er, vor lauter Ungeduld, ein richtig steifen Schwanz, nahm ein Kondom aus der Verpackung und zog es sich über, anschließend versuchte er, das harte Glied wieder einzupacken, was ihm auch gelang. Mike schloss nur noch den Knopf, da alles ja gleich zum Einsatz kommen sollte. So ausgerüstet kam er aus dem Bad und machte sich auf den Weg ins Erdgeschoss, in die Küche, wie geplant stand die Putzfrau am Herd mit dem Rücken zu ihm, also betrat er die Küche, um ihr sich von hinten zu nähern, doch plötzlich drehte sie sich um, sah in an und fragte was er wolle. Durch diese un-geplante Handlung, bekam Mike einen Schock, ging rasch auf die Toilette nebenan, zog sich das Gummi runter, steckte es in die Tasche, verabschiedete sich hastig, verließ das Haus und radelte, so schnell er konnte, Richtung nach Hause. Auf halbem Weg warf er das Kondom unauffällig in einen Mülleimer. Daheim angekommen, immer noch unter Strom, verschwand er im Zimmer und ließ sich alles noch-mal durch den Kopf gehen, mit dem Ergebnis, dass er von solchen Versuchen erst mal die Nase voll hat.

Kurz danach zog Mike's Vater in eine eigene Wohnung, dort schaffte er sich mit dem Telefon auch erstmal einen Internet-Anschluss, wo Mike im WWW schnell einen eher regionale Chatraum fand, in dem er Mädchen in seinem Alter kontaktierte und mit ihnen schrieb, dennoch wohnten sie trotzdem noch alle zu weit weg, um sie live zu treffen.

Mike's Mutter hingegen, traf sich in dieser Zeit häufig mit einer bestimmten Freundin, die ca. 15km weit weg wohnte, denn sie hatte auch einen Sohn, er heisst Ben und ist zwei Jahre jünger als Mike. Mike verstand sich sehr gut mit Ben und somit war das auch kein Problem. Wenn sie sich sahen, gingen sie meist auf den Bolzplatz zum Fussball spielen, auf ein nahegelegenes Feld um ihre Flieger, die mit einem Gummimotor angetrieben waren, steigen zu lassen, oder man beschäftigte sich im Haus mit Fernsehen, Computerspielen oder Brett-spielen. Beide Jungs waren damals große Fans vom neu im Fernsehen flimmerten Catchen, insbesondere von Hulk Hogan und dem Undertaker. Diese Kämpfe wurden auch gelegentlich nachgespielt.

Eines Tages, man catchte wieder, lagen beide am Boden, Mike auf Ben, da überkam es Mike und er fing an Ben zu entkleiden, der war etwas verdutzt, doch komischer Weise, ließ er es mit sich machen. Nachdem Ben unten rum nackt war, spielte Mike mit einer Hand zärtlich, so wie er es selbst auch gerne hat, wenn er masturbiert, an dessen Penis, ohne das von Ben Gegenwehr kam, das Glied wuchs auch bisschen wurde aber nicht richtig hart, also nahm es Mike in den Mund und lutschte daran. Kurz darauf allerdings drückte ihn Ben weg, zog sich wieder an und ging in die Küche, zu den Müttern, etwas essen.

Mike war verwirrt, was da mit ihm geschah. War er etwa homosexuell? Irgendwie machte ihm diese etwas merk-würdige Erfahrung aber nichts aus, es war seltsam aber nicht abschreckend. Von diesem Zeitpunkt an, versuchte er bei jeder Gelgenheit, Ben an die Wäsche zu gehen. Ab und an gelang ihm dies auch, doch meist nicht von langer Dauer, oft konnte er Ben's Penis nur kurz in die Hand nehmen, bevor dieser Mike wieder zurück wies, und Mike wollte nichts gegen den Willen von Ben tun.

Bei einem der weitern Besuche allerdings, war Ben etwas zugänglicher, da Mike weniger an dessen Glied interessiert war, viel mehr daran, dass er sein eigenes bestes Stück irgendwo hinein stecken konnte, und was blieb da anderes, bei einem männlichen Wesen, als der Po. Mike sorgte also dafür, dass Ben sich auf den Bauch lag, er legte sich mit herunter gelassener Hose darauf und drückte seinen steifen Penis an dessen Po, in der Meinung, dass er in den After eingedrungen ist. Hastig und ungeduldig hob und sank Mike sein Becken, er wollte nun endlich einen Orgasmus während des Sex erleben. Doch kurz bevor er so weit war, meinte Ben, dass dies nun genug sei für heute und sie doch wohl lieber rausgehen zum spielen, dabei bemerkte er auch, dass er gar nicht "drin" war. Etwas enttäuscht folgte er Ben.

Wenige Wochen später sah man sich wieder und Mike wollte sein Werk weiterführen, niemand wusste davon, also konnte ihn auch niemand als "schwul" bezeichnen, somit war es ihm egal, Hauptsache er würde bald mal "richtigen" Sex haben, ob mit Männlein oder Weiblein war ihm zu diesem Zeitpunkt schon vollkommen egal. Ihm gelang es auch tatsächlich, dass er Ben aus einer harmlosen Rangelei heraus, wieder mal soweit brachte, dass dieser sich freiwillig die Hose, samt Unterhose, vom Körper ziehen ließ. Danach öffnete Mike seine Hose, schob sie nach unten, entledigte sich seines Slip's und fragte Ben, ob er auch mal sein Glied in den Mund nehmen wolle, was dieser allerdings ablehnte. Also lag er sich, ohne viel hin und her, von hinten, auf ihn drauf, sein Penis war ohnehin schon wieder hart, in der Aussicht, endlich den so gewünschten Sex zu haben. Diesmal wollte er allerdings nichts falsch machen, drückte Ben's Pobacken mit der rechten Hand, sanft aber bestimmt, auseinander, um den Eingang zu finden, mit der linken Hand nahm er seinen Schwanz und führte ihn gezielt mit der Spitze der Eichel an dessen After. Nun ließ er sein Penis los, drückte langsam und sanft sein Becken nach unten und schob somit seinen Schwanz in das Arschloch. Ben gab kurz Laut von sich, dass dies jetzt gerade nicht so angenehm war, auf Mike's nachfragen allerdings, meinte er, es ginge schon und so schmerzvoll ist es auch nicht, es sei lediglich ein etwas seltsames, bisschen unangenehmes Gefühl. Daher machte Mike weiter, zog sein Glied ein minimales Stück wieder heraus, um es dann wiederum, ein Stück tiefer einzuführen. Es war ein gutes Gefühl für ihn, er wurde bei jedem Rein und Raus etwas schneller, fieberte seinem ersten, echten Orgasmus entgegen, doch diese Hoffnungen wurden nach kurzer Zeit, jäh unterbrochen, als sich Ben's Vater mit lauten Schritten ankündigte. Beide ließen ruckartig von sich, sprangen in ihre Klamotten und saßen irgendwie verschüchtert auf dem Bett, als der Vater das Zimmer betrat, sie taten so, als überlegten sie, ob sie nun Fussball spielen sollten, oder am PC und Ben's Dad nahm ihnen dies glücklicher Weise auch ab.

Von nun an wurden die Treffen weniger, aber auch "normal" und Mike hatte endgültig von jeglichen Ver-suchen die Nase voll, doch sein Verlangen nach Sex blieb bestehen und somit wichste er sich wieder vermehrt einen nach dem anderen.

Kapitel III - Die ersten echten Kontakte zu Mädchen

Ein Jahr später, als Mike seinen 15. Geburtstag hinter sich hatte, wuchs das Interesse an den Mädchen in seinem Alter immer mehr. Ihm ging es nun nicht nur mehr um den Sex, vielmehr wollte er nun endlich seine erste richtige Freundin haben.
In dem Schulbus mit dem er täglich fuhr, war schon die Ein oder Andere, die ihm gefiel, doch ihm fehlte der Mut, sie auch anzusprechen. Mike musste sich also eine andere Taktik überlegen, wie er Kontakt aufnehmen könnte und er kam zu dem Entschluss, wenn er eine sieht, die sein Inter-esse weckt, dann versucht er mit ihr Augenkontakt herzu-stellen, um sie anschließend auf seine charmanteste Art an-zulächeln.
An einer Bushaltestelle bei einem Dorf mit ca. 5000 Einwohnern, die etwa auf halben Weg zwischen Mike's Heimatstation und der Schule lag, stieg jeden Tag ein sehr hübsches Mädchen ein, sie war ca. 165-170cm groß, hatte lange blonde Haare, welche sie meist als Pferdeschwanz oder kreativ hochgesteckt trug, hatte strahlend blaue Augen, ihr Gesicht war sehr lieblich und strahlte Sympathie aus, machte aber auch den Eindruck, als wäre sie sehr Gefühlvoll. Ihre Figur war, dafür das sie in Mike's Alter sein musste, schon sehr weiblich, sie war kein Knochengerüst, was Mike sowieso nicht so mag, hatte aber auch kein Gramm Fett zuviel und sehr gut verteilt, dafür relativ große Brüste und ein verdammt süßen Knackpo. Ihr Name war Sandra, ging auf die Mädchen-Realschule und sie hatte es ihm angetan. Also versuchte er das, was er sich vorgenommen hatte.
Am nächsten Morgen, als sie den Bus betrat, sah er nur das Mädchen an, bis sie auf ihrem Platz war. Es hatte also nicht funktioniert, wie es sich Mike vorstellte, doch dieses Mal wollte er nicht aufgeben. Nach einer Woche erfolgloser Versuche, hatte er endlich Glück, und sie erwiderte seinen Blick und lächelte freundlich zurück. Dies ging etwa eine weitere Woche so und dann geschah etwas, was Mike sich in seinen tollsten Träumen nicht vorzustellen vermochte. Sandra stieg wie gewohnt morgens in den Bus nur an diesem Tag ging sie zielstrebig zu Mike, neben ihm war fast immer ein Platz frei, und sie setzte sich auf diesen Sitz.
Er war baff.
Sie saß einfach so neben ihm.
Als alle eingestiegen waren und der Bus sich wieder in Bewegung

setzte, begann Sandra mit Mike zu sprechen.

Sie stellten sich gegenseitig vor und sie machte ihm ein Kompliment für die sehr netten Blicke, die sie bislang von ihm bekam. Er dankte ihr für das Kompliment und recht-fertigte sich damit, dass es ganz natürlich sein, ein solch hübsches Mädchen nett anzusehen, weiter wusste er aber nichts mehr zu sagen da er immer noch schockiert vor Begeisterung war. Gott sei Dank führte Sandra dieses erste Gespräch und Mike brauchte eigentlich "nur" zu antworten.

Alles in Allem hatte er ein gutes Gefühl und nach seiner Meinung gefiel ihr die Unterhaltung ebenfalls.

Sie stieg eine Haltestelle vor ihm aus, man verabschiedete sich freundschaftlich, aber nicht ohne das er von ihr nochmals ein Kompliment bekam, nämlich für die sehr nette Busfahrt und sie bat ihn noch ihr in Zukunft bitte immer den Sitzplatz neben ihm frei zu halten.

In der Schule erntete Mike, von seinen Freunden die er mittlerweile hatte, Bewunderung und Glückwünsche für das Geschehene, was ihm sehr gut tat und ihm auch gleichen einen Schub an Selbstbewusstsein gab.

In den nächsten Tagen saßen die Beiden täglich nebeneinander, Mike wurde immer offener und das Reden viel ihm auch immer leichter, sie unterhielten sich gut und erzählten sich viel, zwar meist noch über die Schule, aber das würde sich auch noch ändern, dachte Mike so für sich.

Nach etwa 2 Wochen stieg Sandra wie gewohnt in den Bus, diesmal senkte sie aber den Kopf, als sie in Mike's Richtung kam, sah auf den Boden und ging an Ihm vorbei. Er war ratlos, er wusste nicht, was er falsch gemacht hatte. Mike wollte es unbedingt wissen, doch trotzdem ließ er sie an diesem Morgen in Ruhe. Doch am nächsten Tag verhielt sie sich wieder genau so, da nahm Mike Zettel und Stift und schrieb ihr ein Briefchen, in dem er sie fragte, was vorgeh-fallen sei. Er gab es ihr als sie den Bus verließ. Am folgenden Morgen ging sie wieder genau so an ihm vorbei, allerdings streckte Sandra diesmal die Hand aus und gab Mike ebenfalls ein kleines Zettelchen. Er faltete ihn ungeduldig auseinander und las den Grund für ihr merkwürdiges verhalten. Sie hatte einen Freund, den Mike nicht kannte, weil er aus einer anderen Stadt war und auch mit einem anderen Bus fahren musste, ging aber in eine Parallelklasse von Mike, mit ein paar Jungs, die im selben Dorf wohnten, wie Sandra. Diese Jungs hatten sie verpetzt und sie hatte von ihrem Freund ein Verbot erhalten sich weiter im Bus neben Mike zu setzen.

Er glaubte diese Geschichte nicht, und ließ sich diesen angeblichen Freund in der Pause zeigen. Doch einige Jahre später, sollte sich diese Geschichte tatsächlich als Wahr er-weisen, als Mike auf der Fachoberschule zufällig mit diesem Freund in eine Klasse kam, er bestätigte ihm die Story.

Sandra war damit aber auf jeden Fall für Mike erledigt und er hielt nach der Nächsten Ausschau, die auch nicht lange auf sich warten ließ.

Sie war fast so schön wie Sandra, kam sogar aus dem selben Dorf, stieg an der selben Haltestelle ein und fiel ihm nach den Sommerferien das erste Mal auf, wohl weil sie Neu war. Mike und sein Nachbar, der nun im Bus immer neben ihm saß, schätzen sie ungefähr 1-2 Jahre jünger, als sie selbst waren. Für ihr geschätztes Alter von ca. 13 oder 14 war sie mit optischen 1,70m schon relativ groß, hatte langes brünettes Haar und war ausnahmsweise sehr schlank, auch hatte sie wenig Oberweite, dafür war der Rest um so ansehnlicher. Allerdings wusste Mike keinen Rat wie er Kontakt zu ihr aufnehmen sollte, da sie grundsätzlich drei Sitzreihen vor ihm, auf der Stufe der mittleren Tür des Busses, Platz nahm. Er versuchte einige Male seinen Mut zu sammeln und einfach zu ihr hin zu gehen, doch es gelang ihm einfach nicht, er war zu feig.

So sprach Mike in der Schulpause mit dem Schüler, der immer in der Reihe nach der Tür saß, dass sie die nächsten Tag einfach die Sitzplätze tauschen, dies war OK und Mike konnte an seinem Plan tüfteln. Er und sein Nachbar saßen am nächsten Morgen also etwas weiter vorne, sie stieg ein und setzte sich wie gewohnt auf die Stufe und nach ein paar Tagen der bloßen Bewunderung brachte Mike sogar ein "Hallo" über seine Lippen, welches von ihr auch erwidert wurde, allerdings mehr oder weniger Gleichgültig.

Also versuchte er andere Wege um Kontakt zu bekommen, er brachte in Erfahrung, dass sie tatsächlich 13 Jahre jung war und auf ein Gymnasium ging, in der selben Stadt in der er zur Realschule ging, das war es dann aber auch schon. Er wusste keinen Namen und sonst auch nichts, allerdings half Mike mal wieder der Zufall, als sie sich ein paar Tage später auf die Stufe saß und "ihre" Busfahrkarte in der Hand hielt, welche auch den Namen aufgedruckt hatten. Sabine S..

Zu dieser Zeit freundete sich Mike immer mehr mit seinen Klassenkameraden an und weil er endlich mal zu den "Coolen" gehören wollte, ließ er sich zu so einigem verleiten, unter anderem kleidete er sich, wie die meisten Jungs an seiner Schule im Skater-Look, begann aber auch zum Rauchen. Allerdings durfte am Schulgrundstück nicht geraucht werden und wenn sie wieder Mal eine Schulstunde eher Unterrichtsende hatten, mussten sie sich einen anderen Ort suchen, an dem sie auf den Bus warten konnten, aber trotzdem eine rauchen durften. Da machte einer seiner Mitschüler den Vorschlag, zu einer anderen Bushaltestelle zu gehen, diese war zu Fuß etwa 20-30 Minuten entfernt, da dort aber der selbe Bus hielt, wie an der Realschule, aber erst als zweite Station, hatte man genug Zeit und setzte den Plan um. Alles war gut, man kam pünktlich an und hatte auch noch etwas Zeit bis der Bus kam, sie saßen auf dem Gehweg in der Sonne und rauchten noch Eine. Da traute Mike seinen Augen nicht, als plötzlich Sabine ums Eck kam. Dort war nämlich auch das Gymnasium, woran er aber überhaupt nicht dachte. Er lächelte sie an und sie lächelte, allerdings eher sporadisch zurück. Irgendwie musste er doch endlich Kontakt aufnehmen können. Mike überlegte und entschied sich, ihr einen Brief zu schreiben, in dem er ihr mitteilte, wie sehr sie ihm gefiel und in dem er ihr vorschlug, wenn sie ihn kennen lernen wollen würde, sollte sie in einer Woche, um 16Uhr an einer bestimmten, festgelegten Stelle, in dem Dorf, in dem sie wohnte, auf ihn warten, er wolle mit dem Fahrrad dort hin kommen.

Gedacht Getan. Er schrieb eine Nachricht, suchte sich einen Mitschüler, der das Mädchen kannte und bat ihn, ihr nach dem Aussteigen auf der Heimfahrt, den Zettel zu geben. Der Andere sah Mike etwas komisch an und fragte ihn auch noch, ob ihm die wirklich gefällt. Mike wunderte sich kurz, da sie ein wirklich tolles junges Mädchen war und bestätigte ihm dann aber, dass es wirklich sie sei die er meinte.

Am nächsten Morgen saß Mike wie gewohnt im Bus zur Schule, sein Zettelbote kam zu ihm und zeigte ihm die Sabine S., doch das war nicht die, die Mike anschmachtete, wie konnte das sein. Er zeigte seinem Schulkollegen das Mädchen für das er sich interessierte und bekam die Info, dass dies die Anna M. ist. Er war verwirrt, irgendwo musste ein Fehler passiert sein, doch sein Mitschüler war sich sehr sicher, denn er kannte beide seit dem Kindergarten. Nun hatte Mike ein Problem, da die Nachricht bereits übergeben war.

Er forschte nun aber erst Mal nach, warum diese Verwechslung möglich war. Über einige Ecken fand er aber relativ schnell heraus, dass Anna an dem Tag, als er ihren Namen auf der Buskarte sah, lediglich Sabine's Karte hatte, da sie ihre eigene vergessen und Sabine eine Mitfahrgelegenheit hatte.

Nun war noch das Problem des Date's. Dies war für ihn allerdings auch zügig erledigt, er tauchte am verabredeten Tag einfach nicht auf.

Nur wie sollte er nun an Anna ran kommen?

Mike bekam Hilfe, seine Bekannten aus diesem Dorf informierten sie einfach darüber, wie sehr er auf sie steht.

Nach dem Wochenende, schien alles Gut, er fuhr ganz normal im Bus zur Schule, dieser hielt an den üblichen Haltestellen und auch wieder bei dem Dorf wo Anna wohnte. Doch es war nicht Anna die einstieg, sondern Sabine näherte sich ihm und sprach ihn gezielt darauf an, wo er gewesen sei. Mike wurde rot und wusste nicht mehr was er ihr entgegnen sollte. Er schwieg. Kurz darauf platzte es aus Sabine raus, die Geschichte mit der Verwechslung, sie wusste darüber Bescheid und amüsierte sich köstlich über die Sache. Mike sprach nur das Notwendigste mit ihr, da ihm das Alles zum einen sehr peinlich war, zum anderen war Sabine keine Schönheit und auch absolut nicht sein Typ, außerdem war er nach wie vor hin und weg von Anna.

Einige Tage später erblickte er sie wieder im Bus, er lächelte sie an und sie lächelte zurück. An diesem Tag hatte Mike mal wieder eine Stunde früher Unterrichtsende, er nutzte die Gelegenheit, machte sich auf, zu der Haltestelle, an der Anna Mittags einstieg. Sie hatte zufällig auch eher Ende und so traf er sie prompt am Bushäuschen, dies kam ihm wie gelegen, da sonst niemand in der Nähe war, er nahm seinen ganzen Mut zusammen, ging auf sie zu und sprach sie an. Anfangs mit einem freundlichen "Hallo", anschließend mit der höflichen Frage, ob er sich zu ihr setzen dürfte, was sie mit einem netten nicken zuließ.

Mike wusste nicht worüber er mit ihr sprechen sollte, bzw. war er für das, was ihm einfiel zu schüchtern. Doch da begann Anna die Unterhaltung und sprach ihn auf die Verwechslung an. Ihm war das wieder sehr peinlich, doch als er merkte, dass sie das ganz lustig fand, störte es ihn nicht mehr, sie hatten ein Thema als Einstieg und lachten dabei. Kurz bevor der Bus ankam, dachte sich Mike "jetzt oder nie" und fragte Anna nach ihrer Telefonnummer, doch darauf bekam er leider keine Antwort und war sehr enttäuscht.

Zu dieser Zeit hatten die Jugendlichen auch noch keine Handy's es war noch das Zeitalter der Festnetztelefone.

Am nächsten Tag in der Früh, kam Anna auf ihn zu, beide sprachen während der Fahrt, doch nur über belangloses, da Mike doch etwas deprimiert war. Kurz bevor sie ausstieg, gab sie ihm ein kleines Zettelchen und sagte dabei, dass er sie heute Abend gegen 17Uhr anrufen sollte, sie sei dann zu Hause und würde auf seinen Anruf warten.

Mike war im 7. Himmel, er konnte sein Glück gar nicht fassen. Als er gegen 14Uhr von der Schule nach Hause kam konnte er es kaum mehr abwarten, in diesen 3 Stunden war fast so nervös und ungeduldig wie als kleiner Junge an Heilig Abend.

Endlich war es so weit, 17Uhr, er ging zum Telefon, wählte die Nummer und tatsächlich Anna nahm ab. Mike war so aufgeregt, dass ihm nichts mehr zu erzählen einfiel. So unterhielten sie sich über den Tag und was in der Schule so los war. Nach circa einer halben Stunde war diese erste Telefonat auch schon wieder beendet da sie noch Hausaufgaben machen musste. Doch ihm war das egal, er hatte mit ihr telefoniert, sie verstanden sich und es konnte nur besser werden. Am nächsten Morgen kam Mike in die Schule und erfuhr, dass sie heute wieder eine Stunde eher Unterrichtsende hatten. Das war für ihn ein gefundenes Fressen, er beschloss zu der anderen Bushaltestelle am Gymnasium zu gehen und dort weiter zu machen, wo sie mit dem Telefonat aufhörten. Als sie ihm dann Mittags über den Weg lief war sie wie ausgewechselt, nur ein kurzes "Hallo" und ansonsten nichts, sie ignorierte ihn sogar größtenteils. Deshalb rief er sie am selben Abend noch an, er wollte wissen was da los war. Am Telefon allerdings war sie wieder überaus freundlich und gut gelaunt, also machte er sich keine großen Gedanke und ließ dieses Thema auf sich beruhen, bis zum nächsten Tag als Anna in der Früh sich genau wie an der Bushaltestelle verhielt.

Ihm reichte es, nun wollte er es ganz genau wissen und nahm sich fest vor, dass er ihr sagen wolle, dass er sich in sie verliebt habe. Nach der Schule zu Hause angekommen schrieb er sich schon einen Zettel, auf dem ganze drei Sätze notiert waren: "Anna, als ich dich das erste Mal im Bus gesehen habe hast du mir schon den Kopf verdreht. Ich habe mich in dich verliebt. Bitte behandle mich nicht so wechselnd und lass uns miteinander gehen."

Mike kam dann allerdings zu dem Entschluss, dass sich das gar nicht gut anhört, er will es ihr anders sagen, ohne Notiz und so überlegte er nach passenderen Worten. Nur fiel ihm blöderweise nichts ein, zumindest nichts was er sagen konnte nur etwas, was er tun konnte. Er nahm das Telefon, welches seit einigen Wochen ein schnurloses war und ging in sein Zimmer, legte eine CD ein und rief Anna an.

Sie war wieder gut gelaunt und sprach mit ihm. Er bat sie, auf den Text des Liedes zu hören, welches er ihr nun vorspielt, da er sie sehr gern mag. Er drückte Play und es war "Quit playing Games" von den Backstreet Boys zu hören. Nach dem Refrain drückte er Stop und nahm wieder das Telefon. Diesmal war Anna ruhig, sie sagte nichts, bis sie nach ca. einer Minute antwortete, dass sie noch was zu erledigen hat.

Nun hatte Mike genug von diesem hin und her, er schrieb ihr einen "Brief" bzw. den zur Jugendzeit typischen Zettel, auf dem er sie fragte: "Willst du mit mir gehen? JA - NEIN"

Diesen Zettel gab er ihr am Morgen im Bus und er bekam ihn tatsächlich zurück, und angekreuzt war auch was, nur eben leider das NEIN. Damit war es das für ihn, er hatte seinen ersten Liebeskummer, sie gingen sich zwar soweit möglich aus dem Weg und sprachen auch nicht mehr mit-einander, doch es ging ihm nicht gut dabei, er hatte kaum mehr Hunger und saß fast nur im Zimmer. Zum Glück war es sein Erster und kein heftiger Kummer, denn nach ungefähr einer Woche wurde alles wieder gut.

Mike hatte nun aber genug von Frauen, Beziehungen und Sex. Er widmete sich erst Mal vermehrt seinen Freunden und es wuchs ein richtige Clique, die auch noch die ein oder andere Überraschung parat hatte.

Kapitel IV - Die erste echte Freundin und der erste Kuss

Die Zeit verstrich und Mike hatte mittlerweile seinen 16. Geburtstag gefeiert. Er unternahm immer mehr mit seinem Freundeskreis, zudem auch das ein oder andere Mädchen gehörte. Man kam sich auch ein Stückchen näher, doch über plumpe Sprüche ging es nie raus. Er ging auch oft abends weg, doch meist blieben dabei die männlichen Freunde, drei davon hatten eine engere Freundschaft und unternahmen sehr viel gemeinsam, unter sich und richtig Mut eine anzusprechen hatte keiner von ihnen.

Mike besuchte vor den Sommerferien den Tanzunterricht, welcher von der Schule organisiert wurde und an dem Grundkurs jeder teilnehmen sollte. Anfangs hatte er nicht wirklich Lust darauf, aber schon nach der zweiten Stunde gefiel es ihm ganz gut, da er erstens unter Leuten war, seine Klassenkameraden dabei waren, eine aus seiner Clique, ihr Name war Gabi, ein Jahr jünger als Mike und sie gefiel ihm schon immer, außerdem waren noch viele andere hübsche Mädchen von der Mädchenrealschule mit von der Partie. Es waren circa 40 Teilnehmer pro Geschlecht, so dass es um die 20Pärchen waren. In diesem Grundkurs tanzte man noch sehr oft mit unterschiedlichen Partnern und auch bei der Herren- und Damenwahl wurde sich abgewechselt. Der Kurs ging 10 Unterrichtseinheiten à 2 Stunden, und danach fand ein Abschlussball statt, bei dem jeder zeigen durfte was er gelernt hatte. Mike hatte viel Spaß am tanzen, ebenso, wie einige seiner Schulfreunde und so entschlossen sie sich den freiwilligen Folgekurs zu belegen, welcher nach den Ferien begann, glücklicherweise auch Gabi aus seiner Clique. Zu Beginn des neuen Kurses tanzte er oft mit ihr, und versuchte auch den ein oder anderen Flirt, wobei dies eher auf eindeutige zweideutige Kommentare hinaus lief, wie es bei ihnen im Freundeskreis üblich war, bis auf eine Szene, man sprach in der Pause über Unterwäsche, sie saß neben ihm und hob spontan ihren Rock an, unter dem sie schwarze halterlose Strümpfe trug, was Mike natürlich sehr gefiel. Doch das war es dann leider auch schon wieder.

Nach den ersten paar Unterrichtseinheiten wurde er dann von seinen Freunden und auch von Gabi darauf aufmerk-sam gemacht, dass es im Kurs ein Mädchen gab, welches ein Auge auf geworfen hat. Er wollte dies Anfangs nicht glauben, doch als Gabi erwähnte, dass sie diesbezüglich auf der Toilette ein Gespräch unabsichtlich mitbekam, musste er es glauben und er tat dies auch gern, denn das Mädchen, um das es sich handelte, hieß Doris, war im selben Alter wie er und gar nicht so unübel, eher im Gegenteil, ausserdem, wenn er schon mal Chancen hatte, wieso sollte er diese nicht nutzen.

Also wählte Mike sie beim nächsten Tanz als Partnerin. Beide kamen auch relativ schnell miteinander ins Gespräch, wobei es Anfangs noch darum ging, wo man her kommt, auf welcher Schule man ist und welche Hobbies man außer tanzen pflegt. Doch noch am selben Abend, einige Tänze später sprach man schon darüber, ob man solo ist, wie man den jeweils anderen findet und man Interesse an einer Beziehung findet. Nach dem dies Alles "geklärt" und der Unterricht zu Ende ging, saß man zusammen, trank noch ein Glas Wasser, plauderte noch nett und verabschiedete sich abschließend mit bleibendem Eindruck.

Eine Woche später, beide tanzten wieder miteinander, kamen sie ziemlich schnell auf den Punkt, fast gleichzeitig fragte einer den anderen ob sie es miteinander versuchen wollen würden. So nahm die Sache ihren Lauf und Mike hatte endlich seine erste richtige Freundin. Das einzige Problem war eigentlich nur, dass beide keinen Roller- oder Mofaschein hatten und circa 16km voneinander entfernt wohnten, doch in Form der lieben, fahrbereiten Eltern war diesem Thema sehr schnell Abhilfe geschaffen worden.

Gleich am darauf folgenden Samstag ließ er sich voller Vorfreude und mit einigem kribbeln im Bauch, aber auch mit reichlich Nervosität zu Doris fahren. Sie empfing ihn ebenso voller Freude und mit einem fröhlichen Lächeln im Gesicht bei sich zu Hause. Sie packte ihn gleich an der Hand und zog ihn hinter sich in die Küche, in der sich die Eltern befanden und Mike ganz stolz vorgestellt wurde.

Anschließend gingen sie bei auf ihr Zimmer, saßen sich auf ihr Bett gegenüber von einander hin, lächelten sich glücklich an und erzählten sich, was die Tage so los war.

Sie trafen sich regelmäßig, am Mittwoch Abend zum Tanzkurs und jeden Sonntag, wobei sie Sonntag's meist die Zeit draußen verbrachten, entweder mit Spaziergängen oder in irgendwelchen Kaffees.

Es war eine richtig schöne Zeit, in der sich beide immer wieder gegenseitig kleine Geschenke machten, wie zum Beispiel einen Liebesbrief, eine süße - kitschige Karte, oder ähnliches, um dem jeweils anderen zu zeigen wie sehr man ihn mag. Es war fast perfekt, denn zu Mike's Glück fehlte noch das körperliche. Sie hielten die ganze Zeit Händchen, gingen Arm in Arm oder kuschelten sich aneinander, doch leider gab es nie einen richtigen Kuss, abgesehen von Bussi links und rechts auf die Backe. Doch so richtig auf den Mund und auch noch mit Zunge - Fehlanzeige. Er wollte sie oft darauf ansprechen, doch da es seine erste Freundin war und er erst 16, fehlte ihm einfach die Erfahrung und der Mut, wie er das anstellen sollte und das er es einfach tut, dafür war er erst recht zu feige. Daher stellte er sich zu Hause oft vor wie das denn sei, ab und zu stellte er sich Doris auch nackig vor, oder dachte sogar an Sex mit ihr und wichste sich dann wieder einen.

Nach relativ kurzer Zeit schon, zogen ihn seine Klassenkameraden damit auf, dass er zwar eine Freundin hat, aber sonst nichts läuft. Ihm wurde das schon irgendwie unangenehm, doch weil er sie so gern hatte hielt er daran fest. Diese erste "Beziehung" war ihm wichtig, doch es musste sich was ändern, zu Mal mittlerweile auch schon zwei Monate vergangen waren und ihm war das, was war schon auch zu wenig.

Es näherte sich der Valentinstag und er machte sich sehr viele Gedanken über sich beide. Im Tanzkurs wurde er auch schon ständig gelöchert, wie sie küsst und je näher der 14.2. kam, desto mehr wurden auch die Fragen nach dem Geschenk das sie bekommen würde.

Aus Verlegenheit, Unsicherheit, Unerfahrenheit und Druck der Umwelt heraus, fasste er eine Entscheidung, welche ihm im Nachhinein sehr leid tat und die er damals nicht treffen hätte sollen, wenn er mit dem Wissen von heute selbe Situation wieder hätte, würde definitiv anders handeln. Mike schrieb Doris einen Brief, sehr liebevoll, aber auch sehr klar, in diesem Brief beendete er die Beziehung zu ihr.

Diesen Brief wollte er ihr Sonntag's nach dem nächsten Treffen geben quasi zur Verabschiedung, doch auch dabei fehlte ihm der Mut. So kam es, dass er ihr diesen Brief, sie waren nun etwas drei Monate zusammen, am Abend des letzten Tanzkurses, einen Tag vor Valentinstag gab. Mike wusste, er ist ein rießen Arsch, doch er konnte nicht mehr zurück, er machte sich zu recht sehr große Vorwürfe und sollte in der Zukunft, wahrscheinlich für diese Aktion, noch einige Male selbst so leiden müssen, wie Doris wohl zu dieser Zeit seelisch gelitten hat.

Der Kontakt war komplett erloschen, was auch nur zu logisch war, die beiden sahen sich zwei Wochen später zum ersten Mal wieder, auf dem Schulfasching, an dem die beiden Schulen teilnahmen auf die sie gingen. Mike entdeckte sie in der Aula seiner Schule und beobachte sie etwas aus sicherer Entfernung, sie schien schon gut verkraftet zu haben und amüsierte sich relativ gut mit ihren Freundinnen. Kurze Zeit später liefen sich beide jedoch zufällig über den Weg, dabei sah er ihr in die Augen, als sich ihre Wege kreuzten, doch das, was er da sehen musste tat ihm selbst gleich wieder weh. Ihr Gesichtsausdruck war eine Mischung aus Hass, Wut, Trauer und Unverständnis. Sie wollte lediglich das WARUM wissen, doch selbst auf diese simple Frage konnte er ihr keine Antwort geben, da er die Tatsachen, das er kein Geschenk hatte und endlich Küssen wollte nicht über die Lippen brachte.

Der Abend ging bald, ohne weiter Vorkommnisse zu Ende.

Nun war Mike also wieder Single, hatte immer noch nicht geküsst und hatte immer noch keinen Sex.

Zu dieser Zeit pendelte Mike fast täglich die 500m zwischen der Wohnung seines Vaters, den er fast täglich besuchte und seiner Mutter, wo er wohnte. Wenn er sich auf den nach Hause Weg macht hielt er auch fast immer an einem Spielplatz, der ca. 100m von seinem Dad weg war und genau in der Richtung seines Weges lag. Dort spielte er dann bisschen Basketball, rauchte ein paar Zigaretten, da sein Eltern noch nichts davon wussten, und verarschte die dortigen Jugendlichen, welche etwa 2-3 Jahre jünger waren als er. Als dann das Frühjahr anbrach, die Abende wieder länger und die Temperaturen wärmer wurden, bemerkte er ein Mädchen, die täglich mit einer Freundin vorbei kam. Sie rauchten eine, sahen etwas den Jungs beim Basketball zu und verschwanden dann wieder. Die Eine fand er aber interessant, sie war keine umwerfende Schönheit, er ja auch nicht, aber sie hatte was an sich, das Mike neugierig machte und war in etwa gleich Alt.

Dieses Spielchen wiederholte sich bis in den Mai und sogar bis nach Mike's 17. Geburtstag, mittlerweile kannte er auch ihren Namen, sie hieß Yaiza. Dann kam allerdings ein Abend, den er niemals vergessen würde. Es war ein ganz normaler Nachmittag, den er wie so oft bei seinem Vater am PC verbrachte, ungefähr um 17Uhr machte er sich auf den Heimweg, nicht ohne auf dem Spielplatz Halt zu machen. Doch an diesem Tag war er ganz alleine, von den

Jungs war keiner da, also auch keine Möglichkeit ein paar Körbe zu werfen. Mike setzte sich ganz cool, wie damals so üblich, auf die Rückenlehne einer Bank, mit den Füßen auf der Sitzfläche und zündete sich eine Kippe an, die er genüsslich durchzog. Danach wartete er noch etwas, doch niemand kam. Also beschloss er, sich noch Eine anzuzünden um danach ganz nach Hause zu fahren. Kurz bevor er diese Zigarette fertig hatte kam Yaiza, ob zufällig oder nicht, aber auch alleine ums Eck. Sie grüßten sich, anschließend setzte sie sich neben ihn auf die Bank und rauchte auch Eine. Sie unterhielten sich belanglos über Dies und Jenes wie Freunde eben. Nachdem beide mit ihrem Klimmstängel fertig waren, wollte sich Mike verabschieden und aufbrechen, sie hielt ihm die Backe hin, worauf er ihr ein Bussi gab, danach noch auf die andere Backe und ehe er sich versah, küsste sie ihn so richtig auf den Mund mit Zunge, innig und lange. Mike war erstaunt und verwirrt zu gleichen Zeit, sein erster echter Kuss und es war toll.

Er erwiderte den Kuss und beide küssten sich förmlich in einen Rausch. Erst eine ganze Weile auf der Bank sitzend, dann lagen sie hinter der Bank im Gras und küssten sich weiter, bevor dann wieder auf der Bank waren, diesmal aber liegend und sich dort weiter küssten und knutschten. Yaiza verpasst ihm sogar einen Knutschfleck am Hals, was Mike ihr selbstverständlich gleich tat. Es war ein unbeschreiblich, wundervolles und einzigartiges Gefühl. Er war einfach nur noch Happy. Zwischendurch gestand er ihr sogar, dass dies das erste Mal sei das er küsste und knutschte, was sie ihm allerdings nicht glaubte. Das ganze ging bis circa 21Uhr als sich dann beide endgültig voneinander verabschiedeten und nach Hause gingen. Mike war richtig euphorisch und freute sich schon sehr auf den nächsten Tag und dessen Abend, denn beide hatten sich zur selben Uhrzeit, für den selben Ort verabredet. Endlich eine Freundin, die er auch küsste.

Am nächsten Tag, er war schon etwas früher dort, wartete er auf seine Freundin, die ihm eines der tollsten Gefühle bescherte, welches er bis zu diesem Zeitpunkt erfahren durfte. Die anderen Jungs waren auch wieder dort, doch die störten ihn nicht im geringsten, ganz im Gegenteil, voller Stolz erzählte er ihnen vom Vorabend und konnte dabei richtig deren Neid erkennen, was ihm einiges an Spaß bereitete. Der verabredete Zeitpunkt war gekommen, doch leider war Yaiza nicht gekommen. Mike war enttäuscht, er spielte mit den Anderen Basketball, die nun wiederum ihn etwas aufzogen. Doch da, etwa eine halbe Stunde später kam sie tatsächlich, zwar mit ihrer Freundin, doch aus das war ihm in diesem Moment egal. Er ging auf sie zu, wollte sie in den Arm nehmen und küssen, doch sie blockte ihn ab, stieß ihn schon fast zur Seite. Die beiden setzten sich, rauchten eine und sprachen mit Mike kein einziges Wort, jeden Versuch den er startete, um zu erfahren, was denn los sei schmetterten die Beiden ab. Nach ihrer Zigarette standen sie auf, Yaiza fauchte Mike an, in dem sie ihm an den Kopf warf, dass da absolut nichts gewesen ist und er sie nun endlich in Ruhe lassen soll, danach verschwanden die Mädl's genau so schnell wie sie gekommen waren. Er war am Boden zerstört, geknickt, deprimiert und machte sich etliche Gedanke, was er falsch gemacht haben könnte.

Nach zwei Tagen grübeln und Liebeskummer, in denen er sie auch kein einziges Mal sah, erfuhr er von den Jungs am Spielplatz den vermutlich wahren Grund für ihr seltsames Verhalten. Sie war nämlich nicht solo. Sie hatte zum damaligen Zeitpunkt einen Freund, er war im selben Alter wie Mike, der im Jugendknast saß und ein Wochenende im Monat Freigang hatte. In diesem Moment war Mike über-glücklich, dass sie ihn so kalt abserviert hatte. Klingt komisch, doch mit diesem Kerl, wer auch immer er war, und so einem Mädchen wollte er definitiv nichts zu tun haben. Somit war er erstmal glücklich Allein zu sein.

Einige Wochen später allerdings, kam plötzlich wieder Gabi auf den Plan.

Mike war zu dieser Zeit viel mit seinen "richtigen" Freunden unterwegs. Die Realschule war geschafft, alle bereiteten sich auf die FOS vor, wenn sie nicht gerade um die Häuser zogen. Einige seiner Freunde war auch in der katholischen Kirche tätig, sei es als Ministrant oder in der Jugend und auch Gabi war dort mit dabei, die ja auch schon zu ihrer Clique gehörte und ein paar andere Mädchen. Eines Abends jedenfalls, Mike war zum Jugendheim der Kirche gegangen, um seine Freunde zu treffen, war auch sie anwesend alle plauderten und hatten Spaß sich zu sehen. Gabi zog aus ihrer Tasche eine Flasche Wasser und wollte gerade trinken, als sie Mike versehentlich rempelte. Ein großer Schluck schwappte heraus und landete bei Gabi auf der Jeans, seitlich des Reisverschluss, es sah wirklich aus, als hätte sie sich in die Hose gemacht. Alle lachten und dann verabschiedete sich einer nach dem anderen. Zum Ende waren noch Gabi, Mike's bester Kumpel Franz und Mike selbst übrig. Als

Franz sich ebenfalls verabschiedete, wollte Mike sich auch auf den Weg machen, wurde allerdings sehr bestimmend, fast schon dominant von Gabi zurückgehalten. Er fragte sie, warum er noch bleiben soll, wenn alle anderen weg sind. Sie antwortete trocken, dass sie so nicht heimgehen werde, da lacht sie ja jeder der sie sieht aus und alleine würde sie da jetzt nicht rumsitzen und warten, bis der Fleck getrocknet ist und da es ja seine Schuld ist, muss er das mit ausbaden. Da er nichts vor hatte und sie auch irgendwie recht hatte blieb Mike. Anfangs saßen beide nebeneinander auf einer halbhohen Steinmauer und unterhielten sich über die ganze Clique, bis Mike eine Idee in den Kopf schoss. Er bat Gabi sich hinzustellen, was sie etwas nachdenklich auch tat, dann trat er an sie heran und nahm sie in den Arm. Verdutzt fragte sie ihn was das wird und so erklärte er ihr, das der Fleck doch viel schneller trocknet wenn beide ganz eng aneinander stehen und es um den Fleck warm ist. Das verstand sie. Also standen beide, Arm in Arm gekuschelt da und warteten auf die Trocknung. Da witterte Mike seine Chance und begann über den Fleck zu reiben mit der Erläuterung, dass es so noch etwas schneller ging. Bald standen beide doch wieder aneinandergeschmiegt da, allerdings mit dem Unterschied, dass ein zweideutiger Kommentar den nächsten jagte und die beiden sich, wenn auch über halb der Kleidung befummelten. Er fühlte sich auf der Siegerstraße, hatte schon einen halben Ständer und es fehlte nun nur noch ein kleiner Schritt und er könnte sie als seine neue Freundin gewinnen, so dachte er. Er wollte diesen Schritt wagen und fragte selbstsicher nach einem Kuss, welchen Gabi ihm aber verweigertet. Doch Mike ließ nicht locker und forderte weiter, mit sehr guten Argumenten, seiner Meinung nach, wie zum Beispiel, für die Zeit die er mit ihr verbrachte, oder weil es zum fummeln dazugehört und ähnliches, den Kuss, sie allerdings blockte nur ab mit der Begründung, dass es ein Prinzip von ihr ist, sich mit Jungs aus der Clique nichts anzufangen, damit die Freundschaft nicht leidet, sollte eine solche Beziehung in die Brüche gehen, was Mike einerseits einleuchtete, aber ihm auch irgendwie egal war. Kurz danach löste Gabi die Umarmung, blickte auf ihre Hose und meinte, dass es auch schon spät ist, ihre Hose trocken und sie jetzt Heim muss.

Gesagt getan, sie verabschiedeten sich und Gabi ging.

Tja, da stand Mike nun wieder alleine da, kein Kuss, keine Freundin und immer noch kein Sex.

Kapitel V - Freundinnen auf dem Weg zum ersten SEX

Mike verbrachte nun sehr viel Zeit mit seinen Freunden Werner S., Werner N., Franz L., Franz K., Ludwig, Sabine und damit auch in der Nähe von Gabi. Doch wie das Leben so spielt, kam wieder Mal alles anders als man dachte.

Während er sich noch Hoffnungen machte, doch irgendwie etwas mit Gabi anzufangen, versuchten seine Kumpels ihn mit einer gleichaltrigen, ebenfalls aus der Jugendgruppe der katholischen Kirche zu verkuppeln, nur war sie sehr sympathisch, sehr nett, beide trafen sich öfter und hatten auch viel Spaß, eben unter Freunden, doch sein Typ war sie irgendwie gar nicht.

Eines Tages, es war schon wieder April und Mike hatte nicht mehr lange bis zu seinem 18. Geburtstag, half er seinen Freunden, die ein Essen vorbereiten mussten. Da viel Gabi auf das noch Schnitzelfleisch fehlte und fragte ihn, ob er schnell nach nebenan zum Metzger gehen und welche besorgen könne. Er hatte zwar irgendwie keine Lust, doch willigte er ein. Er war noch nicht weit gekommen, da begegnete ihm auf dem Flur eine blonde Schönheit, sie war etwa einen Kopf kleiner als Mike, hatte lange blonde Haare, war sehr schlank und hatte relativ große Brüste. Er wollte unbedingt etwas zu ihr sagen, doch ihm fiel nichts Sinnvolles ein und so kam aus seinem Mund nur heraus: "Hallo, du sollst schnell zum Metzger gehen und Schnitzel kaufen". Kaum hatte er das ausgesprochen fühlte er sich so richtig doof, doch er hatte was gesagt und hatte sich seiner ungeliebten Aufgabe entledigt. Da er nun nicht mehr weiter helfen konnte, traf sich Mike mit einem anderem Kumpel namens Franz, der auch nicht dieser Jugendgruppe angehörte um was zu unternehmen.

Dem erzählte er die peinliche Story und schon war es wieder vergessen und sie lachten darüber.

Am nächsten Tag, es war ein herrlicher sonniger Frühjahrs-tag trafen sich alle in der Eisdiele ums Eck, Mike dachte schon gar nicht mehr an den Vorfall des Tages zuvor, da richtete ihm Franz, sein Kumpel aus der Gruppe, schöne Grüße von der jungen blonden Dame, die Babett hieß, aus, die trotz allem anscheinend gefallen an ihm gefunden hatte. Mike war erfreut und alle Anderen hatten sogar schon das nächste Treffen arrangiert und erklärtem ihm, dass sie in etwa 15 Minuten hier ist.

Er war schockiert, aber zugleich begeistert, allerdings auch sehr aufgeregt. Tatsächlich tauchte kurz darauf Babett auf, setzte sich neben ihn und das erste Gesprächsthema war der Spruch vom Vortag, über den mittlerweile aber Alle lachen konnten. Es war ein sehr schöner Nachmittag und die beiden verabredeten sich für den nächsten Tag, alleine.

Mike war an diesem Sonntag sehr gut gelaunt und voller Vorfreude machte er sich für das Date hübsch. Sie trafen sich in Mike's Stammbistro, plauderten etwas über ihr Privatleben und beide wollten es miteinander Versuchen.

Zu Hause angekommen sah ihm seine Mutter die gute Laune an, quetschte ihn aus und alles war perfekt.

Zwei Tage später sahen sie sich wieder und alles verlief so wundervoll, sie waren über das Händchenhalten schon hinweg und küssten sich bereits, als wäre es für beide das normalste der Welt. Endlich hatte Mike eine richtige Beziehung, da störte ihn es auch wenig als beide über ihre Geburtstage sprachen und sie feststellten, das Babett fast auf den Tag genau 4 Jahre jünger war. Seine Mutter hatte außer dem Kommentar "wo die Liebe hinfällt" nichts zu sagen, einzig ihre Eltern waren nicht so begeistert, als sie aber merkten das Mike ein guter Junge war, ging das für sie auch Ok. So feierten beide im Mai ihren Geburtstag.

Als Mike sie ein weiteres Mal abholen wollte, musste er etwas warten, da sie noch nicht so weit war, also nahm er im Esszimmer platz, doch aus seiner anfänglichen Lange-weile wurde bald sehr bald erstaunte Faszination. Denn plötzlich ging die Türe auf und hereinkam das Mädchen, für das er in der Grundschule so schwärmte, sie war mittlerweile eine tolle junge Frau geworden und nur mit einem übergroßen T-Shirt und einer Boxershort bekleidet.

Beide sahen sich an, als käme der jeweils andere von einem fernen Planeten. Doch wie sich herausstellte, war sie mit Babett's Bruder liiert und erklärte alles andere. Da war Mike dann doch sehr froh als Babett endlich fertig war und sie los konnten. Der Tag in Mike's Clique verlief sehr schön, wie gewohnt, und all seine Freunde freuten sich, dass es Mike so gut ging, der die Zeit davor teilweise schon richtig Frust schob. Nun waren sie auch schon zwei Monate zusammen, Mike war richtig stolz auf sich, dass er mit seiner wenig unvorteilhaften Figur, eine so tolle Freundin hatte, dies gab ihm auch einiges an Selbstbewusstsein und somit wollte er den nächsten

Schritt wagen und über das Küssen hinaus gehen. Sie trafen sich diesmal bei Mike zu Hause, seine Mutter war nicht da, er hatte also sturmfreie Bude und dies wollte er auch nutzen. Beide machten es sich im Wohnzimmer gemütlich. Sie küssten sich zärtlich auf den Mund, mal ohne Zunge, mal mit, diese wusste sie sehr gefühlvoll einzusetzen und spielte dabei mehr mit Mike's Zunge aber auf eine sehr erotische Weise, küssten sich gegenseitig sehr sinnlich im verführerischtesten Bereich zwischen Ohr und Schulter wobei sie sich auch gelegentlich einen Knutschfleck verpassten. Dabei streichelten sie sich behutsam meist mit ein oder zwei Fingern über die Backe oder an der Innenseite des Unterarm, doch ab und an glitt auch mal die ganze Hand unter die Kleidung. Aufgrund der Position wie beide lagen, Babett auf dem Rücken und Mike leicht zur Seite versetzt, halb in ihrem Arm und halb über ihr, wählte er dabei eher ihren flachen Bauch über den er mit viel Gefühl strich, während Babett wiederum ihre Hand sehr zärtlich über seinen Rücken gleiten ließ.

Mike überlegte, wie er es am besten anstellen könnte, um Babett ihrer Kleidung zu entledigen. Da entdeckte er auf dem Tisch eine große Dose Gummibärchen, er unterbrach die Zärtlichkeiten, nahm sich eins aus der Dose heraus, dabei musste er über Babett greifen, da sie auf der Couch zwischen ihm und dem Tisch lag, als den Arm zurückbewegte ließ er das Gummitier "rein zufällig" über ihr fallen und so geschickt, dass es ihr genau in den Aus-schnitt fiel. Das war seine Gelegenheit und ihrer Aufforderung es wieder heraus zu holen kam er natürlich gerne nach. Mike streifte das eh schon sehr weit ausgeschnittene Oberteil etwas nach unten und fischte das Bärchen heraus. Dabei sah er unter anderem ihren sehr modischen und aufreizenden BH, als auch, dass sie für ihr Alter und ihren schlanken Körper sehr große Brüste hatte. Für ihn war dies quasi wie ein Zeichen, das es heute noch passiert. Einige Gummiteilchen später, von denen wieder das Ein oder Andere im Dekoltè landete, war er so frei und streifte ihr das Oberteil gleich nach oben ab. Da saß sie nun, nur noch mit BH und Jeans bekleidet, Mike war von dem Anblick begeistert, es regte sich etwas in seiner Hose kurz unterhalb der Gürtellinie und er sah sich schon am sicheren Ziel. Doch wie es im Leben eben so spielt, hörten sich kurz darauf das Geräusch der Haustür die aufgeschlossen wurde. Zu allem Übel kam gerade in diesem vielversprechenden Moment seine Mutter nach Hause und das ganze Vorhaben wurde unfreiwillig abgebrochen.

Damit hatte sich das Thema erst Mal wieder für einige Zeit erledigt, denn da beide Schüler waren, Mike einen Nebenjob und Babett auch einige Verpflichtungen hatte, außerdem ja immer schon sehr bald aufgrund ihrer Eltern und ihres Alters zu Hause sein musste, ergab sich nie wirklich viel Zeit in der sich beide alleine sahen.

Daher trafen sich beide meist nur Nachmittags am örtlichen Badesee in Gesellschaft ihrer Clique, auch deshalb weil Mike's mittlerweile bester Kumpel, der damals Anfang des
Jahres frisch in den Freundeskreis kam, mit Babett's damaliger besten Freundin zusammen war und dies sorgte Ende Mai in diesem so ereignisreichen Jahr für den Lacher schlecht hin, über den sich die übrig gebliebenen Teile der Clique noch heute, 14 Jahre danach, herzhaft amüsieren können.

Es war schon ziemlich gegen Ende Mai, Mike und Babett lagen schon mit Werner S., Ludwig und Sabine (einem befreundeten Pärchen) am Badesee, als sie die Stimme der Freundin von Werner N. hörten. Diese kam ganz aufgeregt um die Ecke und auf die Gruppe zu gelaufen und schrie: "Babett, das tut so weh, diese Schmerzen und ich blute". Alle Anwesenden wunderten sich und fragten sich was die denn wohl haben könnte. Sie lief gerade Wegs auf Babett zu, packte sie am Arm und schlief sie weg von der Clique. Einige Meter dahinter, kam Werner N. sehr gemächlich angetrottet und setzte sich zu den Anderen. Alle wollten den Grund für die Hysterie wissen, da sagte trocken: "Ja mei, ich hab sie halt entjungfert". Und auch wenn dies wirklich schmerzhaft sein kann, machte sich trotz allem ein herzhaftes lautes Lachen in der Runde breit und blieb allen in Erinnerung.

Einige Tage später, am Wochenende, ging Mike mit Ludwig und Franz K. auf die Burg um sich von dort aus ein Konzert in der darunter liegenden Altstadt anzusehen, Babett hatte leider keine Zeit, da sie durch ihren Bruder an ein übriges Ticket kam. Es war circa gegen Mitte des Gigs als Ludwig heraus rutschte das Werner N. wohl was mit Babett hat. Diese Aussage fuhr Mike regelrecht in sämtliche Knochen und ließ ihn erstarren. Das wollte und konnte er nicht glauben, um sich davon aber zu überzeugen, packte er seine Sachen, eilte zum nächsten Abgang in die Stadt und lief die Treppen hinunter. Er war so in Rage, dass ihn seine beiden Freunde nicht aufhalten, sondern lediglich hinterher hechten konnten. Mike kam zum richtigen Zeitpunkt unten an, denn das Konzert war zu Ende und er musste nur noch am Ausgang abwarten, er war fest entschlossen Werner N. zur Rede zu stellen und sollte es sich bewahrheiten würde er ihm so richtig Eine verpassen. Da kam Werner, drauf angesprochen, leugnete er zunächst alles, gab es dann aber stückchenweise zu. Ludwig und Franz konnten gerade eben noch Mike's Arm greifen, bevor dessen Faust Werner's Gesicht traf. Die Beiden brachten Mike nach Hause und das Thema Babett war damit erledigt. Am nächsten Tag telefonierten sie kurz und nach dem Mike Babett an den Kopf geworfen hatte, wie verletzt er ist und wie mieß das von ihr ist, entschuldigte sie sich dafür und legte auf. Ab da an war der Kontakt völlig erloschen, auch Werner war nicht mehr in der Clique anwesend und Mike saß zu Hause mit seinem ersten, echten, riesigen Liebeskummer und sah es als Rache von Gott oder wem auch immer, für sein Verhalten, damals, gegenüber Doris.

Gott sei Dank waren Pfingstferien und Mike verbrachte viel Zeit bei Ludwig, der im Haus seiner Mutter, fast eine komplette Wohnung für sich hatte.

Zwei Tage nach diesem Ereignis hatte man für 9Uhr morgens abgemacht, sich bei Ludwig zu treffen um anschließend gemeinsam an den See zu gehen. Als Mike und Franz K. eintrafen, waren Franz L. und seine damalige Freundin, die Micha, bereits anwesend und irgendetwas stimmte nicht, es war spürbar dicke Luft im Raum. Ludwig saß auf seinem Bett, Franz L. und seine Tussi mitten im Raum auf dem Boden vor dem Fernseher und zockten Tekken. Alle drei hatten auch schon das Ein oder Andere Bier intus und waren etwas angeheitert. Da Mike sowieso Liebeskummer hatte und Franz K. auch gerade eine beschissene Phase durch machte (er war auch 18 und hatte bis dato mit Frauen noch nie etwas gehabt, noch nicht mal Eine geküsst), fingen die beiden an mitzutrinken.

Gerade als sie ihr erstes Bier leer hatten, warf plötzlich Franz L. (17Jahre) den Controller durch den Raum, sah seine Freundin, die Micha (16Jahre) an, und wollte wissen, da sie ja nun gewonnen hat, ob sie jetzt Schluss macht. Sie sagte Deal ist Deal und Franz L. verschwand und fuhr mit seinem Roller weg.

Nun saßen die vier da, tranken und rauchten, bis Micha plötzlich auf Franz K's Schoß platz nahm und die beiden wild zu küssen begannen. Mike und Ludwig sahen sich verwundert an, hatten aber sichtlich ihren Spaß dabei und um die beiden nicht zu stören zockten sie.

Kurze Zeit später machten die knutschenden Pause und nach einem Schluck Asbach warf Micha den Kommentar in den Raum: "ich hab jetzt Lust zu ficken".

Stille.

Keiner wusste Antwort, alle sahen sich erstaunt an.

Franz K. war trotz seines Zustandes zu brav und zu schüchtern, Ludwig war in festen Händen, einzig blieb noch Mike und dieser witterte seine Chance. Er sah Micha an und sagte: "Ok, gehen wir". Sie sah Ludwig an und fragte ihn, wo die beiden hin gehen könnten. Er glaubte immer noch nicht, dass dies ernst sei und bot den ihnen das Gästezimmer neben seinem Zimmer an. Gesagt, getan Mike und Micha verschwanden. Das Zimmer war optimal, es hatte ein großes Bett und einen kleinen Balkon, auf dem es sich beide erst Mal bequem machten, bei Sonnenschein und an-genehmen sommerlichen Temperaturen. Sie tranken in Ruhe ihr Bier zu Ende und Mike quetschte Mich über Franz L. aus, was das Ganze war und wie es dazu kam. Anschließend gingen sie rein, jeder zog sich für sich selbst komplett aus und legten sich auf das Bett. Sie begannen sich intensiv mit Zunge zu küssen, Mike streichelte dabei ihren Busen, ließ dabei seine Hand auch abwärts auf ihren Bauch gleiten und sogar noch tiefer zwischen ihre Schenkel. Micha war ungeduldig, so ungeduldig, dass sie zu Mike sagt: "Jetzt fick mich endlich" und dies in einem sehr fordernten Ton. Er wollte sich nicht zweimal bitten lassen, nicht schon wieder eine rießen Gelegenheit vermasseln, also legte er sich auf sie, stütze sich mit der linken Hand ab, mit der Rechten griff er nach unten und tastete mit seinen Fingern erst Mal nach ihrem Eingang. Sein Schwanz war mehr als hart, stand wie eine Eins und pochte vor Erregung. Mit den Fingern hatte er das Loch bereits gefunden, doch vor lauter Unerfahrenheit wusste er nicht, wie er in sie eindringen konnte, er kam nicht auf die Idee seine Hand zu Hilfe zu nehmen, somit fing er an, sein Becken in ihre Richtung zu bewegen und mit seinem steifen Penis zu versuchen in sie zu kommen. Es dauerte erstaunlicher Weise gar nicht lange, da spürte er wie sein bestes Stück mit einem "pflopp" zwischen ihren Lippen verschwand. Endlich, er war drinnen, sein Schwanz das erste Mal in einer Pussy, doch schon nach der zweiten Bewegung klopfte es laut, Ludwig stieß die Tür auf und rief, dass Franz L. da ist und gerade hoch kommt. Eilig sprangen beide auf und zogen sich so schnell wie möglich an um dann in Ludwig's Zimmer unschuldig platz zu nehmen. Da war Franz auch schon, er bat Micha mit zu kommen, er wolle mit ihr alleine noch mal über alles sprechen. Sie verließen das Haus. Mike hingegen wurde von Ludwig positiv aufgezogen, dass er

Micha tatsächlich gebumst hätte und sie amüsierten sich, weil Micha während und nach dem Sex grundsätzlich rote Backen bekam und Franz L. das sichtlich nicht bemerkte. Die drei machten sich ihren Spaß und gingen an den See.

Dennoch war es Mike kein richtiger Sex, aber er hatte zumindest mal die ersten Erfahrungen gesammelt und wurde nicht mehr verarscht, dass er noch Jungfrau ist.

Von Franz L. und Micha war nichts zu hören und nichts zu sehen, bis sie 2 Tage später, als Pärchen, wieder am Stammplatz des See's auftauchten. Mike war etwas enttäuscht, doch im Grunde war es ihm egal, er genoss den heimlichen kleinen Triumph.

In den Sommerferien verkuppelte ihn dann Micha mit ihrer Schwester Birgit, es war ein komisches Gefühl in das selbe Haus ein und aus zu gehen wie Franz L. und im Zimmer neben den beiden zu weilen, aber sie war schon auch hübsch, also ignorierte Mike dieses Gefühl, doch leider war sie wieder ein paar Jahre jünger als er und Jungfrau. Somit lief bei beiden nicht mehr als umarmen, Händchen halten, kuscheln und küssen. Er hatte nur mittelmäßiges Interesse an ihr und sie schien auch nicht so als wäre er ihre große Liebe, somit fand diese "Beziehung" nach zwei Monaten auch schon wieder Ihr Ende.

Zu dieser Zeit befand sich das Stammdisco der Clique nur ganze 500Meter von Mike's Wohnort entfernt, dies erwies sich als sehr praktisch, da er nie fahren musste, somit konnte er seine Schüchternheit immer wegtrinken. Es waren nicht jedes Wochenende Alle da, aber immer irgendwer. Eines Abends traf er auf Werner S., die beiden machten sich einen lustigen Abend, an einem Tisch, direkt an der Tanzfläche, um aus bester Lage die Mädchen zu erkunden. Dabei erblickte Werner ein "Beutestück", sie war ca. 1,65m, hatte braune schulterlange gelockte Haare, eine weibliche allerdings schlanke Figur und sehr große Brüste. Er begann sofort Mike auf sie hinzuweisen und davon zu reden, dass er die heute Nacht schon gerne mit nach Hause nehmen würde.

Werner S. war in der Clique der Jenige mit dem größten "Verschleiß" an Frauen, daher wunderte es Mike, dass er an diesem Abend immer nur mit ihm darüber sprach, wie geil die ist, allerdings keine Anstalten machte sie anzusprechen. Als sie und ihre Freundin mit der sie unterwegs war eine Pause vom tanzen machten, hatte Mike genug, er ging zu den beiden, die Freundin kannte er flüchtig, und sprach sie drauf an, dass sein Kumpel ihre Freundin gerne kennen lernen wollen würde. Fünf Minuten später, saß die groß-busige hübsche Namen's Manu auch schon bei den Jungs am Tisch, Werner spendierte eine Runde Getränke und man begann sich zu unterhalten, wobei Mike sich dabei etwas zurück hielt, denn schließlich wollte sie ja Werner daten. Als dieser nach einiger Zeit mal aufs Klo musste, wandte sich Manu an Mike und gestand ihm, dass ihr Werner eigentlich gar nicht gefiel und sie viel mehr Interesse an ihm hätte.

Er war nicht erstaunt, da seiner Ansicht nach Werner der hübschere war, allein schon weil er um einiges schlanker ist, doch abgeneigt war er nun nicht gerade. Er fing Werner auf dem Rückweg ab, schilderte ihm die Lage, ihm war dies egal, suchte sich gleich die Nächste und somit hatte Mike das OK, der Weg war frei.

Manu und Mike hatten noch eine unterhaltsame Nacht ohne körperlichen Kontakt, bis morgens um vier Uhr, als sich beide, nach dem sie ihre Handynummern ausgetauscht hatten, von einander verabschiedeten. Am nächsten Tag telefonierten sie mit einander und ehe sich Mike versah waren sie auch schon ein Paar und machten das nächste Date aus, dabei erfuhr Mike, dass auch sie in dem selben Alter war, wie einige seiner Freundinnen zuvor, dies verwunderte ihn sehr, war sie doch bis 4 in der Disco, dann kam auch schon wieder ein leichter Frust, aufgrund ihres Alters und der Tatsache, dass auch sie noch Jungfrau war. Doch kurz darauf nahm er es mit Selbstironie, scheinbar gab es für ihn keine anderen Mädchen und somit ließ er sich drauf ein.

Anscheinend ein Wink des Schicksal, denn mit Manu sollte er noch einiges erleben.

Kapitel VI - Der erste echte SEX

Manu war, so schien es, ein richtiger Glücksgriff. Sie war sehr liebevoll, verschmust, unternehmungslustig, dabei aber nicht anhänglich oder klammernd. Allerdings war das mit dem sich gegenseitig Sehen wieder mal so ein Problem. Ihre Eltern hatten nichts gegen die Beziehung mit Mike, dennoch wollten sie nicht, dass er bei ihnen zu Hause zu Besuch kam und zu allem Übel wohnte Manu circa 4km außerhalb Mike's Heimatstadt Bergdorf. Glücklicherweise ging sie aber dort zur Schule und hatte somit hier auch ihre ganzen Freunde, außerdem nahm sie zwei mal in der Woche Keyboardunterricht. Daher gab es also doch noch relativ genug Momente sich zu treffen. Mike reichte diese Zeit eigentlich auch, so konnte er noch genug mit seinen Freunden unternehmen und für seine Hobbies blieb auch noch was über und so richtig verlieben wie bei Babett wollte er sich sowieso nicht mehr, da dies nur zu viel Herzschmerz mit sich bringt.
Doch meistens kommt alles Anders.
Sie waren nun seit einem Monat liiert und verbrachten etwas Zeit bei Mike, sie kuschelten auf seinem Bett, küssten sich dabei intensiv mal mit und auch mal ohne Zunge ohne ehe sich beide versahen streifte Manu ihm sein Pulli über den Kopf ab. Dies fand er sehr ungerecht und zog auch ihr ihren Pullover aus. Es war ein fabelhafter Anblick für ihn, da sie kein Hungerhaken war, trotzdem aber keinen Bauch hatte und die beiden großen Brüste, es musste C oder D gewesen sein, wurden nur noch von einem schwarzen, satinähnlichen BH zurückgehalten. Sie küssten sich weiter und Mike ergriff diese Chance, um seine Küsse zärtlich, über ihren Hals auf ihr Dekolletè wandern zu lassen und dabei ihr die Hose aufzuknöpfen. Manu genoss die Liebkosungen und ließ sich ohne zögern der Hose entledigen und Mike erblickte einen zum BH passenden Slip. Kurz darauf stieß sie Mike, der halb auf seinem Arm lehnte und halb über sie gebeugt war, nach hinten um, öffnete seine Jeans und zog sie in ihre Richtung ab. Beide nur noch in Unterwäsche da liegend kuschelten sich gemeinsam unter die Decke denn es war draußen ein eiskalter Novembertag und trotz Heizung irgendwie frisch. So gewärmt wurde weiter geschmust und Mike wollte Manu auch weiter aus-ziehen, doch da gab sie ihm klar zu verstehen, dass es Momentan (noch) nicht mehr gibt, was er ohne murren akzeptierte.

Trotzdem war es ein sehr schöner Nachmittag, an dem er sie viel und lange küssen durfte und unter der Bettdecke ihre verführerische Haut an seiner spüren konnte, wodurch doch ein hohes Maß an Intimität entstand, bis, ja bis sie leider gehen musste, um ihren Bus zu erreichen, aber es war toll. Diese kuscheln war so vertraut und gleichzeitig auch sehr erotisch, so das es ihm nichts ausmachte mit dem Sex noch zu warten.

Von diesen Nachmittagsmomenten folgten noch so einige, an denen sie auch merkte, durch sein hartes Glied, welches sich in seiner Boxershort verbarg, dass ihn das ganze sehr erregte. Zwangsläufig unterhielten sich beide daher, bei diesen schönen zweisamen Momenten, übers poppen. Mike setzte fast voraus, dass sie noch Jungfrau war und Manu erfuhr so, dass auch Mike mehr oder weniger noch Jungmann war. Bald war klar, beide wollten ihren ersten Sex miteinander haben, da sich Manu allerdings psychisch und physisch darauf einstellen wollte, sollte ein Zeitpunkt dafür gefunden und festgelegt werden. Da kam es mehr als gelegen, dass Silvester vor der Tür stand und dann auch noch ausgerechnet der Jahrtausendwechsel.

Der Tag war gefunden und Mike freute sich wahnsinnig darauf. Doch dann kam es wie es eigentlich fast kommen musste.

Mike erwachte am 29.12. Und fühlte sich gar nicht gut, er fror, zitterte und hatte eine ganz heisse Stirn, und das Fieberthermometer zeigt 39Grad. Seine Mutter reagierte sofort und besorgte ihm jede Menge typische Mittel gegen Grippe. Er nahm bis zu sechs Pillen pro Tag um auch wirklich an diesem besonderen Datum fit zu sein. Am 31. selbst hatte er immer noch erhöhte Temperatur, doch dies war ihm herzlich egal, er nahm noch ein paar Tabletten und bereitete sich ab Mittag für das Date seines Lebens vor. Und da, pünktlich um 17Uhr stand Manu vor der Tür.

Mike hatte in seinem Schlafzimmer gedimmtes Licht, zusätzlich Kerzen und ein angenehm riechendes Räucherstäbchen aufgestellt, um für ausreichend Romantik zu sorgen. Er ließ Manu vorausgehen, die Stufen nach oben, sie kannte den Weg ja von ihren bisherigen besuchen, in sein Schlafzimmer. Mike war jetzt schon leicht erregt, denn sie hatte ihre engste Jeans an, in der sie den geilsten Arsch überhaupt hatte, vergleichbar mit einem Latino-Po in etwa, also nicht so winzig, wie der von den heutigen Modepüppchen, aber auch nicht riesig, eher so wie der von J.Lo. in ihren besten Zeiten. So ging sie vor Mike die Treppen hoch, dass er beste Sicht darauf hatte. Als sie die Tür öffnete, kam ihr erst Mal ein Schwall warmer Luft entgegen, dies hatte zum einen damit zu tun das Mike wegen seiner Grippe fror und zum anderen dachte er sich, je wärmer es ist, desto schneller und weiter zieht sie sich aus.

Zu erst allerdings war sie überrascht, erstaunt und erfreut, wie er das Zimmer vorbereitet hatte. Dafür bekam Mike so gleich mal einen dicken, leidenschaftlichen Kuss mit extra Zunge. Anschließend legte er noch eine CD mit sanfter Musik ein, bevor sich beide, aneinander geschmiegt, noch ganz brav angezogen, auf das Bett kuschelten. Sie erzählten sich gegenseitig von den letzten Tagen, schmusten viel, genossen die Zweisamkeit und sprachen noch Mal über den restlichen Tagesverlauf. In diesem war geplant, dass sie einen schönen, gemeinsamen Abend verleben, miteinander sich gegenseitig entjungfern und gegen 22Uhr am Stadtplatz zur Silvesterfeier sein würden, bis Manu circa um 1Uhr abgeholt werden sollte.

Mittendrin zeigte Mike's heizen seine erste Wirkung und Manu entledigte sich ihres wollenen Strickrollkragenpullover und saß nun da, in einem engen schwarzen Shirt mit Spaghettiträger und tiefem Ausschnitt, wo durch ihre großen Titten perfekt in Szene gesetzt wurden. Er konnte seinen Blick kaum noch davon abwenden und da es mittlerweile schon fast 20Uhr war, wollten es nun beide endlich machen.

Wenn man sich Umfragen ansieht, anhört, oder ließt, geben die meisten Leute an, dass das erste Mal richtig schlecht gewesen ist. Diese Aussage trifft zum Teil auch zu, je nach dem aus welcher Sicht man dieses Ereignis betrachtet. Sieht man nur die Tatsache, dass man endlich seinen ersten Sex hatte, dann ist es nicht schlecht, bedenkt man, dem Menschen nahe zu sein, den man zu dieser Zeit über Alles liebt und mit diesem sehr intime Momente erlebt, ist es sogar noch besser, nicht schlechter. Einzig wenn man den Sex vergleicht, mit den meisten, unzähligen Malen, welche danach folgen, ja dann ist das erste Mal sogar extrem schlecht. Dies liegt allerdings weniger an der Tatsache, dass man Es tut, als viel mehr an der mangelnden Erfahrung und den fehlenden Informationen über Vorlieben, Vorstellungen, Erwartungen und Wünsche.

Meiner Ansicht nach funktioniert Sex ohne Liebe sehr wohl, was je doch nicht gleichgestellt werden darf mit Zuneigung und Sympathie bezogen auf sein Gegenüber und je mehr man über dessen Lieblingspraktiken bescheid weiss, desto besser ist der Akt, auch außerhalb einer Beziehung und ohne das man verliebt ist oder ähnliches.

Nun aber zurück zum Thema.

Manu und Mike standen vom Bett auf und da ihnen jegliche Erfahrung in Sachen poppen fehlte, zog sich jeder für sich selbst komplett aus und sie sahen sich gegenseitig an. Er wusste zu diesem Zeitpunkt nicht, wie sie das Alles empfand, aber für ihn war es ein traumhafter Anblick. Ihre weibliche Figur, kein Gramm Fett zu viel, aber auch keins zu wenig, wahnsinnig große Brüste und ein sehr neugierig machendes, hinter einigen Haaren verborgenes Lust-zentrum. Nach kurzem mustern huschten beide wieder ins Bett und kuschelten sich unter der Decke aneinander. Mike wusste nicht wie er nun weiter machen sollte und versuchte sich an die Sexszenen der ganzen Erotikfilmsammlung seines Vaters zu erinnern, die er regelmäßig als Wichshilfe nutzte. Vielleicht würden ihm ja diese geistigen Bilder nun helfen das "Richtige" zu tun. Doch was war das Richtige, gab es das überhaupt?

Daher fing er einfach an sie zu küssen, ganz "normal" auf den Mund so wie beide es schon etliche Male getan hatten. Anschließend küsste er sie sanft und zärtlich seitlich auf den Hals, ohne kraft und druck, eher ein leichtes hauchen, bei dem seine Lippen ihren Hals was eher touchierten, ihr schien dies allerdings sehr zu gefallen, da sie Ihren Kopf entgegengesetzt zu Mike wegdrehte, um so die Fläche für seine Liebkosungen zu vergrößern, er schien auf dem richtigen Weg zu sein. Im Anschluss wollte er sich ihren Möpsen widmen, doch auch hier fehlte ihm jegliche Erfahrung, so stützte er sich also nun auf seinem unten liegendem Ellbogen ab und mit der anderen Hand streichelte er behutsam erst den Ansatz der Brüste, anfangs die Eine, dann die Andere. Mike erhöhte etwas den Druck, nahm so viel Titte wie möglich in die Hand und massierte diese mit leichten, knetenden Bewegungen. Dies schien allerdings weniger gut bei Manu anzukommen, sei es, weil er es vielleicht nicht gut genug machte, oder einfach weil ihr dies allgemein nicht gefiel. Er musste sie also anderes Verwöhnen, um ihr den Gefallen an der Sache wieder zurück zu bringen. Er ließ los, formte die Hand zu einer Faust und streckte den Zeigefinger aus, mit diesem berührte er sie so sanft wie nur irgendwie möglich am Rand des großen, runden, brauen, grobporigen Fleck, der sich rings um die Brustwarze befindet (auch Warzenvorhof genannt) und fur an diesem entlang im Kreis nach. Kurz darauf kam von ihr der Kommentar, dass es an ihrem Körper auch noch andere Stellen gäbe, als ihre Brüste und sie es nicht versteht warum jeder Mann nur da hin sieht.

Dies war für Mike das Zeichen um nun den letzten Schritt zu gehen und richtigen Sex zu erleben. Er griff in die Nachttischschublade und holte ein Kondom hervor, die er sich ein paar Wochenenden davor in seinem Stammlokal am Automaten zog. Er riss die Verpackung vorsichtig an der markierten Stelle auf, zog den Gummi heraus und streifte ihn sich gewissenhaft über, um sich im Anschluss behutsam auf Manu zu legen. Diesmal wollte er es besser und richtiger machen als bei Micha, deshalb griff er mit einer Hand nach unten, zu seinem Penis und führte diesen mit der Spitze an den Eingang von ihrer Vagina. Um keine unnötigen Schmerzen bei Manu hervor zu rufen, nahm er die Hand wieder weg, als er seine Eichel an ihrem Loch spürte, danach bewegte er sein Becken sehr langsam und mit größter Sorgfalt auf sie zu und sein Glied schob sich hinein. Nach jedem kurzen Stück, fragte er sie ob es noch ginge, oder ob es ihr unangenehm sei. Anscheinend hielt Manu einiges aus, oder sie wollte Mike nur nicht abhalten, den Sex zu erleben, denn sie verneinte immer seine Fragen. Als er sein bestes Stück bis zum Anschlag in ihr hatte und es immer noch keine Anzeichen dafür gab, als würde es ihr Schmerzen bereiten, bewegte er sein Becken zurück, bis sein Schwanz fast komplett raus war und nun wieder nach vorne. Dies machte er relativ langsam und so zärtlich wie nur irgendwie möglich, dabei sah er immer in ihr Gesicht, um sofort bemerken zu können, sollte er etwas falsch machen, doch er hatte nur den Eindruck, dass es ihr gut tut und Mike selbst gefiel es sowieso. Nach etwa 10 Minuten war es dann auch schon so weit und er hatte den bisher besten Orgasmus seines Lebens, nach dem er sein Glied vorsichtig heraus zog, dabei das Kondom fest hielt, damit es nicht herunter rutsche und sich anschließend neben Manu legte, sie in den Arm nahm, leidenschaftlich küsste und beide diesen Moment still und glücklich für sich erlebten.

Für einen kurzen Augenblick wunderte sich Mike da sie nicht geblutet hatte, wie es doch eigentlich der Fall ist, und den Jungs im Sexualkundeunterricht beigebracht wird, bei der weiblichen Entjungferung.

Kurz darauf machten sich beide noch kurz frisch, zogen sich wieder an, gingen am Stadtplatz feiern und genossen die Nacht bis Manu abgeholt wurde.

Etwa eine Woche nach diesem Ereignis beendete sie die Beziehung mit Mike, worunter er sehr litt, obwohl er sich nicht verlieben wollte und für ihn zu diesem Zeitpunkt auch noch völlig unerklärlich, dies sollte sich später allerdings noch ändern.

Kaum das das Jahr 2000 begonnen hatte, war Mike auch schon wieder Single.

Was darauf folgte ist eigentlich nicht der Rede wert, der Vollständigkeit wegen erzähle ich es Euch aber dennoch.

Dieser Solo-Zustand hielt nicht lange an, da er schon Ende des ersten Monats mit Micha's Schwester Bianca zusammen kam, die nur leider ebenfalls im selben Alter wie Manu war und zu allem Überfluss Jungfrau, ausgerechnet jetzt, da es Mike nicht mehr war. Die "Beziehung" lief aber nicht lange, nur circa drei Monate, denn mehr als kuscheln und küssen war nicht drin, außerdem war sie auch nicht wirklich sein Typ.

Im Mai allerdings lernte Mike, über Franz L., schon wieder die Nächste kennen. Es war endlich mal eine im selben Alter wie Mike, auch aus Bergdorf, ihr Name war Caro, und für seinen Geschmack eigentlich viel zu dünn, doch hatte sie etwas an sich, das ihm gefiel, daher ergriff er die Initiative und ging zum "Angriff" über. Dabei stellte sich heraus, dass Franz etwas von ihr wollte, doch sie hatte ihm schon zu verstehen gegeben, dass von ihrer Seite nichts laufen werde und er sich keine Hoffnungen machen bräuchte. Damit sollte für Mike das Feld frei sein, am

selben Abend knutschten beide auch schon miteinander, damit waren sie liiert.

Im Anschluss gab es zwar trotzdem noch bisschen Ärger mit Franz, der sich allerdings rasch erledigte.

Als Caro nach zwei Wochen zum ersten Mal bei Mike zu Besuch war, beide kuschelnd und schmusend auf der Couch lagen, wollte er die Gelegenheit nutzen und sie vernaschen. Als er begann, mit seiner Hand, unter ihrem Oberteil vom Bauch an hoch zu fahren, zog sie die Hand wieder heraus und meinte, dass das Alles noch etwas Zeit hätte, etwas enttäuscht, aber es respektierend beschränkte sich Mike auf die üblichen Zärtlichkeiten und hatte trotzdem einen schönen Nachmittag mit ihr.

Schon im Juni machte Caro Schluss mit Mike, auch sie irgendwie völlig ohne ersichtlichen Grund. Mike hatte mittlerweile eine Art Gleichgültigkeit entwickelt, daher war es ihm fast schon egal.

Im selben Monat allerdings, sollte er eine junge Frau kennen lernen, welche sein weiters Leben stark prägte.

Kapitel VII - Die folgenden zehn Jahre

Als Mike und seine Kumpel eines Abends im Juni wieder in ihrer Stammdisco waren, stellten sie ihm Valeria vor, sie war 18 Jahre jung, schlank aber nicht zu dünn, etwa 1,65 groß hatte lange schwarze Haare und tanzte richtig gut und ausgelassen auf aktuelle House- und Dancehits. Beide kamen relativ schnell mit einander ins Gespräch und unterhielten sich gut. Am Ende des Abends bzw. in den frühen Morgenstunden, als es angesagt war nach Hause zu gehen verabredeten sie sich am nächsten Tag auf einen Kaffee. Dieses Date und auch die noch folgen sollten verliefen sehr positiv, Mike wollte nicht wieder den Fehler machen und sofort eine Beziehung eingehen, diesmal wollte er es langsamer angehen lassen, sich erst ein paar Mal treffen und sehn was sich ergibt, dieser Plan schien gut zu sein. Man verstand sich sehr gut und war sich auch irgend-wie sehr vertraut, man konnte viel miteinander lachen, aber sich auch genau so über ernste Themen unterhalten. Einige Date's später, wieder Samstag's in der Disco war es dann soweit, und sie waren ein Paar. Es dauerte allerdings ein bisschen, bis beide sich gegenseitig nach Hause einluden, die ersten Treffen fanden an öffentlichen Orten statt, wobei man sich schon sehr leidenschaftlich und intensiv küsste, aber mehr lief eben nicht, dies machte Mike aber auch nichts aus, denn er wollte sich ja Zeit lassen.
Doch schon kurz darauf änderte sich dies, da Valeria circa sechs Kilometer außerhalb von Mike's Heimatstadt wohnte und nach den Discobesuchen nicht noch unbedingt immer fahren wollte übernachtete sie bei Mike, in dieser Nacht lief außer küssen und kuscheln übrigens nichts, und am nächsten Morgen stellte er sie seiner Mutter vor, am Nachmittag fuhren beide zu Valeria nach Hause, wo Mike ihrer Mutter vorgestellt wurde. Damit hatte man eine erste größere Hürde hinter sich gebracht und die Beziehung wurde wesentlich vertrauter.
Mike und Valeria trafen sich von nun an jeden zweiten Tag, da beide allerdings sexuell gesehen relative Spätzünder und darüber hinaus auch noch schüchtern waren, was den ersten Schritt betraf, kam auch nicht viel Zustande. Sie war zwar keine Jungfrau mehr, jedoch hatte sie bisher auch nicht viel Erfahrung gesammelt. So entwickelte sich die Beziehung und der Sex Schritt für Schritt.
Zu Beginn beschränkte man sich auf Fummelspielchen, welche eine

ganze Zeit lang immer nach dem selben Schema abliefen und in etwa so aussah.

Wenn beide am Abend neben einander im Bett lagen, dies geschah bis zum schlafen Gehen grundsätzlich mit voller Bekleidung, dann rieb Mike mit seiner Hand aussen auf der Hose langsam von oben nach unten über Valeria's Intimbereich, gelegentlich wurde sie dabei so feucht, dass sogar an der Jeans ein Fleck zu sehen war und sie rieb eben so über Mike's Penis, ebenfalls auf der Hose. Dies machten beide so lange, bis er in die Hose spritzte, danach gingen beide sich Bettfertig machen. So lief das Ganze etwa einen Monat.

In diesem Monat ging Valeria Mike allerdings fremd. Dies sollte er einige Wochen später, abends vor der Stammdisco erfahren.

Mike befand sich auf einer dreitägigen Klassenfahrt, als er von dieser zurück kam, merkte er, dass sich Valeria ungewohnt, fast schon seltsam verhielt, unter anderem war sie nicht daran Interessiert von ihm besucht zu werden, beziehungsweise war sie jedes Mal verhindert, wenn er gerade Zeit hatte. Etwas später beichtete Valeria ihm, dass sie, während er weg war, mit Franz L. rumgeknutscht hat. Mike war entsetzt und den Tränen nahe, so viel empfand er schon für sie. Nach kurzem Gespräch, in dem er ihr sagte, dass er ihr das Küssen verzeihen würde, vorausgesetzt es war kein Sex dabei, verabschiedete er sich für den Abend, da er nach Hause wollte, um einen klaren Kopf zu bekommen und gab ihr noch mit auf den Weg, dass er sich nicht bei ihr melden würde, sondern wenn ihr was an ihm liegt, würde sie sich bei ihm melden. Mike stand auf und ging.

Es verging eine Woche, da meldete sich Valeria. Sie entschuldigte sich nochmals für die Vorfälle und meinte, dass sie sehr gerne Mike's zweite Chance nutzen würde, man traf sich, sprach sich aus, und begann bei Null.

Einige Tage später war es dann plötzlich so weit, beide waren Abends wieder aus und als sie nach Hause kamen, hatten sie ihren ersten gemeinsamen Sex. Dieser verlief allerdings noch sehr nach Schema F, aber auch schon fortgeschrittener als mit Manu.

Valeria und Mike saßen neben einander auf dem Bett, küssten sich leidenschaftlich auf Hals und Mund, streichelten sich, und begannen sich gegenseitig zu entkleiden, immer abwechselnd, ein Kleidungsstück nach dem anderen bis beide splitternackt waren. Mike sah sie bewundernd an und stellte fest, dass sie an ihrem Lust-dreieck sehr wohl Haare hatte, aber bei weitem nicht so viele und nicht so dicht wie Manu's, dies sah viel heisser aus, da man auf den ersten Blick schon mehr von den Schamlippen sah, nun war er so erregt und so geil auf Valeria, dass diese nichts weiter mehr tun musste um seinen Penis hart zu bekommen, dieser stand schon von ganz alleine. Mike griff in die Schublade, nahm ein Kondom heraus, öffnete es und zog es sich über sein Glied, während dessen machte es sich Valeria, auf dem Rücken liegend, auf dem Bett bequem und sah im noch etwas zu. Als sein kleiner Freund gut verpackt war, legte sich Mike zwischen ihre Beine, welche sie an den Knien etwas abgewinkelt gespreizt hatte, und drang behutsam, in dem er mit seiner Hand sein Schwanz führte, in sie ein. Es war ein geiles Gefühl, durch sanfte Bewegungen des Becken nach vorne und nach hinten, glitt sein Penis langsam hin und her. Auch Valeria schien es zu gefallen, sie hatte den Kopf leicht zur Seite geneigt, die Augen geschlossen, aber auch irgendwie einen glücklich-geilen Gesichtsausdruck. Mike nutzte dies und küsste sie, während er sie weiter bumste, am Hals, worauf sie ihren Kopf noch mehr neigte, um ihm zu verstehen, dass es ihr gefällt.

Diesmal brauchte er auch etwas länger, als bei Manu, doch vor lauter Erregung, war es auch bei diesem Mal relativ schnell vorbei. Glücklich und zufrieden zog er sein Glied aus ihrer Vagina, hielt dabei den Gummi fest und nach einer Katzenwäsche schliefen beide Arm in Arm ein.

In den kommenden Wochen hatten sie noch einige Male diese Art von Sex.

Während der folgenden Jahre, waren die Beide eigentlich ein glückliches Paar, sie entdecken gemeinsam, aber auch mal alleine, jeder für sich beim Masturbieren, ihre Sexualität und probierten dabei das Ein oder Andere aus. Als aller Erstes entdeckten sie die Intimrasur, dies führte normalerweise jeder selbst an sich durch, doch rasierten sie sich auch mal gegenseitig, was sich als sehr erotisches Vorspiel bewies. Als Nächstes versuchte man sich an Fesselspielen, erst noch mit einem Schal, bevor man dann Handschellen kaufte. Durch den Besuch einer nahegelegenen Erotikmesse kam auch noch ein kleiner Vibrator dazu und einige Zeit später erwarb man dazu auch noch Liebeskugeln, sie waren relativ aufgeschlossen. Der Sex an sich war relativ abwechslungsreich und auch die Orte innerhalb der Wohnung variierten, lediglich die Art wie Valeria am Besten zum Orgasmus kam blieb die Selbe. Am leichtesten funktionierte dies, in dem Mike ihren Kitzler leckte, abwechselnd mal schneller und langsamer, dabei sie aber gleichzeitig vaginal, mit Hilfe von ein bis zwei seiner Finger, oder mit dem Vibrator stimulierte. Die Häufigkeit der sexuellen Aktivitäten schwankte, wie sie es eigentlich in jeder Beziehung macht, mal gab es mehr Sex mal weniger. Im Grunde hatte Mike keine Gründe sich anderweitig umzusehen und doch ereigneten sich nach und nach die folgenenden Vorkommnisse.

Nach jeder dieser Aktionen hatte Mike ein schlechtes Gewissen, mal mehr mal weniger, doch wusste er es gut zu überspielen und nach jeder nahm er sich fest vor, dass es die Letzte war, jedoch aus irgendwelchen Gründen, die er für sich selbst bis heute noch nicht gefunden hat, kam die Nächste.

Ein richtig schlechtes Gewissen hatte Mike, als er folgende Aktion begann. Er vögelte in den gemeinsamen vier Wänden tatsächlich fremd, ein absolutes NO-GO, er hatte richtig Angst, dass ihm Valeria, aus welchen Gründen auch immer, dahinter kommen könnte. Er saugte jeden einzelnen Zentimeter von der Eingangstür zum Wohnzimmer und den kompletten Raum, die gesamte Couch, auch darunter, gespannte wartete er, dass Valeria von ihrer Wochenendreise nach Hause kam. Da war sie. Mike ließ sie kurz zu Hause ankommen, bevor er sie voller Sehnsucht ins Schlafzimmer zog, um sie genüsslich und leidenschaftlich zu vögeln. Danach setzte man sich ins Wohnzimmer und sie erzählte von dem Wochenende. Es schien als hätte er sämtliche Spuren beseitigen können, zumindest kamen bei ihr keine Zweifel auf und sie bemerkte auch nichts, die Beziehung lief weiter wie bisher.

Mike jedoch, nahm nun tatsächlich Abstand von allen anderen Frauen, insbesondere von denen, die im selben Landkreis wohnten. . Zu dieser Zeit probierten Mike und Valeria einiges miteinander durch. In ihrer gemeinsamen Wohnung testeten sie viele erdenkliche Orte, zum Beispiel in der Badewanne, auf dem Wohnzimmertisch, auf dem Fußboden wo ein flauschiger Teppich lag, auf dem Balkon, um nur einige Orte zu nennen. Valeria zog in dieser Zeit auch öfter mal für Mike halterlose Strümpfe an, um ihn schon beispielsweise beim Ausgehen etwas anzuheizen, aber auch einfach mal zu Hause, dort dann allerdings nur die Strümpfe und sonst nichts. Soweit schien alles in geordneten Bahnen zu verlaufen.

Beruflich bedingt musste Mike in diesen zehn Jahren auch mal ein Jahr etwas entfernt arbeiten, in dieser Zeit trug sich auch die ein oder andere Geschichte zu, wie noch zu lesen sein wird.

Doch als Mike wieder ständig zu Hause war, vor allem Nachts, hatte er keinen Bedarf mehr an irgendwelchen Affären oder One-Night-Stands. Er wurde häuslicher, es schien, als würde er sich mit Valeria so eine Art kleine Familie aufbauen, jedenfalls verbrachten die Beiden sehr viel Zeit miteinander, man machte es sich gemütlich und die Beziehung verlief mehr denn je in geordneten Bahnen. Jedoch gingen die Beiden oft zu getrennten Zeiten ins Bett, Mike meist später, da er oft noch etwas am PC zockte, durch diese Freizeit am Abend kam es auch wieder so weit, dass er auch mal wieder den Chat besuchte. Es hatte sich vieles getan, die Mehrheit seiner reinen Chatfreunde war weg und es wurde eher ein landesweiter, als ein regionaler Chat, zu dieser Zeit entwickelte sich auch eine Plattform im Internet mit grünem Logo und einem großen „L" darin, bei der man angemeldet sein musst um dazu zu gehören. Seine Chatkontakte wieder aufzubauen und um IN zu sein, waren die zwei hauptsächlichen Gründe, warum es Mike wieder in die Online-Welt zog, doch ereignete sich auch noch manch Anderes, wie im folgenden zu lesen sein wird, denn überwiegend in der Onlinewelt lernte er seine Bettgeschichten kennen.

Mike's Ausrutscher

Es war das erste Jahr der Beziehung, mittlerweile war es November geworden, drei Monate nach Valeria's Ausrutscher mit Franz L. und wieder ein Mal Samstag Abend, an dem die ganze Clique in ihrer Stammdisco bei einem gemütlichen Drink zusammen saß. Einer von ihnen hatte seine Chefin mit dabei, sie war Ende zwanzig, sympathisch und so wurde sie schnell von der Gruppe aufgenommen. Je später der Abend wurde, desto weniger Leute verblieben am Tisch, und auch Valeria machte sich alleine auf den Heimweg, ließ Mike weiter feiern, somit waren noch zwei Kumpels, die Neue und Mike selbst über.

Die Getränke wurden hochprozentiger, die Stimmung lockerer und die gegenseitigen Kommentare eindeutig zweideutiger, alle amüsierten sich wunderbar.

Als die Kumpels zur Toilette und auf Frauenschau gingen, war Mike mit der flüchtigen Bekannten alleine, ohne ein bestimmtes Ziel zu verfolgen, wollte er ihr lediglich mit-teilen, dass sie seine Kommentare nicht all zu ernst nehmen sollte, da er für gewöhnlich, in lockerer Atmosphäre, gerne mit solch zweideutigen Aussagen die Unterhaltungen ungezwungener gestallten würde und schließlich seien ja auch alle Erwachsen und müssten wissen damit richtig umzugehen. Allerdings rechnete er nicht mit einer derartigen Antwort, wie er sie dort erhalten hatte. Von ihr kam nämlich nur ein "schade". Mike war verwirrt, wie meinte sie das? Nun war er neugierig und fragte nach. Aus der zunächst spaßigen Unterhaltung wurde eine etwas ernstere.

Sie erklärte ihm, das er ein höflicher, sympathischer, junger, gut aussehender Mann sei, was Mike alles gar nicht so empfand, und Lust auf körperliche Nähe hätte sie schließlich auch, daher ging sie davon aus, dass in dieser Nacht noch was zwischen ihnen laufen würde.

Er wusste für einen Moment keine Antwort mehr darauf, dann allerdings besann er sich und fragte sie, ob sie schon bemerkt hätte, dass die junge Lady die vorhin nach Hause ging seine Freundin ist und diese bei ihm zu Hause im Bett liegen würde.

Ja. Das war ihr klar und sie erzählte Mike, dass sie verheiratet ist und auch ihr Mann auf sie wartet, doch ist sie ja mit dem Auto hier und es gäbe ja, um Bergdorf herum, genügend Orte, an denen Mann um 3 Uhr Nachts eine Nummer schieben könnte. Nun war er restlos bedient, von einer Frau, so klare Worte, gegenüber ihm, dies war Neuland, so etwas hatte er noch nie erlebt. Ohne weiter nachzu-denken, instinktiv, legte er unter dem Tisch, seine Hand auf ihren Oberschenkel und lies sie zur Innenseite hin gleiten. Sie reagierte darauf sofort, doch wieder anders, als Mike es sich je gedacht hatte. Ihre Hand wanderte ebenfalls unter dem Tisch zu ihm herüber und fand ihr Ziel genau in seinem Schritt. Um nicht von seinen Kumpels enttarnt zu werden, verabredeten sich beide für später und ließen von einander ab. Kurz darauf kamen seine Freunde auch schon ums Eck, die glücklicher Weise schon etwas müde waren und alle der Meinung waren, dass keiner mehr eine heisse Schnitte, an diesem Abend finden würde. Somit verabschiedeten sich alle gegenseitig und man trat den Heimweg an. Die Chefin seine Bekannten ging in die Tiefgarage zu ihrem Auto und Mike ging zu Fuß in die Richtung wo er wohnte. Als er sich sicher war, dass keiner seiner Freunde mehr in seiner Nähe war, bog er ab und warte auf einem Parkplatz, der an der Hauptstraße lag. Kaum angekommen kam auch schon seinen neue Bekanntschaft angefahren mit einem alten, rostigen, weissen Golf II, sie hielt vor ihm an, er stieg ein und man fuhr Richtung Ortsende. Mike hatte einen spontanen Einfall, wo man hinfahren könnte und lotzte sie dort hin, es war eine Strecke von ungefähr 1km, bis sie von der Bundesstraße auf einen uneinsehbaren Parkplatz im Wald abbogen und somit ihr Ziel erreicht hatten.

Sie stellte den Motor ab, es war leise und dunkel, nur der zunehmende Mond erhellte die Nacht, sie sah ihn an und fragte: "Und was machen wir jetzt?"

Da Mike zu diesem Zeitpunkt schon sehr ungehemmt war, kam von ihm sehr spontan und zügig die Antwort: "Bumsen!"

Die Sitze wurden nach hinten gestellt, man nahm sich gegenseitig in den Arm und begann sich zu küssen.

Er fuhr ihr mit einer Hand unter ihr Shirt und massierte samt BH ihre kleinen, aber handlichen Busen, ließ diese Hand nach unten gleiten und öffnete während des knutschen ihre Hose, erst den Gürtel, nun den Reißverschluss und zuletzt den Knopf. Sie hob ihren Po hoch und Mike schob die Jeans nach unten, darunter trug sie einen String mit viel Spitze. Im Anschluss hob nun er seinen Po an und streifte auch seine Jeans, als auch gleich seine Boxershort nach unten ab. Direkt danach kurbelte er die Rückenlehne des Beifahrersitz nach hinten, um in eine liegende Position zu gelangen. Er legte sich, soweit dies ging hin und wartete darauf, dass sie ihr Höschen auszieht und sich auf seinen, schon fast harten Penis sitzt. Doch scheinbar hatte Mike diesbezüglich falsche Erwartungen, denn sie ließ ihren Slip an und machte auch keine Anstalten ihren Körper auf seinen zu bewegen, statt dessen beugte sie lediglich ihren Oberkörper herüber, nicht um zu küssen, sondern weiter unten, sie öffnete ihren Mund und nahm seinen Schwanz darin auf. Sie bewegte ihren Kopf hoch und runter, die Lippen fest zusammen gepresst und gleich-zeitig saugte sie daran, ähnlich wie es Mike bei den Nippeln der Frauen bisher tat. So bekam er also zum ersten Mal in seinem Leben einen geblasen und es war ein sehr gutes Gefühl, doch er wollte mehr, er versuchte sich, soweit wie möglich auf die Fahrerseite hinüber zu beugen und schob ihr ihren String beim Po beginnend nach unten. Kurz nach dem er damit begonnen hatte, stoppte sie das geblasen, zog sich das Höschen, das restliche Stück, selbst aus, während Mike sich ein Kondom überstreifte, die er kurz zuvor auf der Toilette der Disco im Automaten erwarb.

Sie wusste keine sinnvolle Stellung, also ließ Mike sich was einfallen, er legte sich wieder auf dem Beifahrersitz zurück, und gab ihr zu verstehen, sie solle sich auf ihn setzen, mit dem Gesicht zur Windschutzscheibe und dem Rücken zu ihm. So machte sie das und Mike konnte seinen Penis endlich in ihrer Muschi versenken. Nun bewegte er sein Becken nach oben und wieder nach unten, um sie so zu bumsen und um das Tempo selbst zu bestimmen. Er bewegte sich immer schneller, da er zum Einen geil war, und zum Anderen bekam er langsam ein schlechtes Gewissen gegenüber Valeria, deshalb bemühte er sich, dass er zügig abspritzt und nach relativ kurzer Zeit war dem auch so.

Danach zogen sich beide wieder an, Mike noch mit dem Gummi auf seinem langsam schlaff werdenden Glied, da er nicht wusste wo er es entsorgen sollte, und er wurde zu der Stelle gebracht, an der er zu der Dame ins Auto gestiegen war. Er verabschiedete sich höflich und trat zu Fuß den restlichen Heimweg an. In einer dunklen Seitenstraße entsorgte er noch hastig in einem Mülleimer sein Gummi, ehe er Zuhause ankam, geplagt von Vorwürfen, die er sich machte, ging er sich noch schnell waschen und schlüpfte zu Valeria ins Bett, die von all dem nichts ahnte und seelenruhig schlief. Am nächsten Morgen ging es Mike allerdings gar nicht so schlecht, ihm war schon etwas mulmig, dass Valeria etwas merken könnte, doch eigentlich war für ihn die Sache schon wieder vergessen, er liebte seine Freundin schließlich und das Andere war nur ein kurzer, nicht erwähnenswerter Fick und so konnte er schnell zur Normalität zurück kehren, was ihn selbst arg verwunderte.

Während dessen in der Beziehung

Die meisten Einfälle was sexuelle Versuche betraf hatte Mike, dies kam dadurch, dass er einige Pornos schaute, aber sich hauptsächlich gezielt im Internet informierte. Bei dieser Informationsbeschaffung merkte er allerdings, dass ihn reifere Frauen irgendwie reizten und er auch unbedingt mal eine knallen möchte, er wusste nicht was ihn daran im Unterbewusstsein scharf machte, aber irgendwas war da. Ganz ohne Impulse war Valeria jedoch nicht, beide verbrachten gerade ihren ersten gemeinsamen Urlaub miteinander, Mike kam am frühen Abend aus der Dusche des Hotelzimmer, sie lag, nur in ein Handtuch gehüllt auf dem Bett und las ein Buch, als sie begann, ihm eine Passage daraus vorzulesen. Darin ging es um ein Pärchen, die gerade zu Gange waren, der Mann begann die Frau zu lecken und als dieser ihre zunehmende Erregung spürte, in dem sie, während er sie immer noch oral verwöhnte, immer wieder ihr Becken anhob und senkte, stützte sich der Mann mit seinen Ellbogen ab und mit den Händen drückte er ihr Becken nach unten und die Frau bekam dadurch einen heftigeren Orgasmus als die Male davor.
Da Valeria dieser Gedanke erregte und Mike keine Einwände hatte, versuchten die beiden, es noch in der selben Nacht auf diese Art. Valeria kam tatsächlich intensiver, nur konnte nie bewiesen werden, ob dies an der aufgestauten Geilheit, vom Moment des Lesens bis zur Umsetzung, oder an dieser Technik lag. Trotzdem wendete Mike diese Methode immer wieder mal an und versuchte sie für sich zu optimieren. In dem selben Urlaub hatten beide auch das erste Mal Sex am Strand, wenn man es denn so nennen kann, denn da beide, sexuell betrachtet, noch sehr schüchtern waren und obwohl es Nacht war, begann man sich zwar im Sand liegend zu verwöhnen, doch da relativ viele Menschen zu hören waren, brach man das Ganze kurz danach ab und machte lieber auf dem Zimmer weiter.
Im weiteren Verlauf hatte man mal öfter Sex, fast täglich, aber auch Phasen, in der man auf maximal Einmal pro Woche kam, dennoch

wurden die verschieden "Standard-Stellungen" durchprobiert, der Missionar, reiten und doggy, sie blies ihm ab und an mal Einen, er leckte sie mit zunehmender Freude immer öfter und man versuchte etwas besonderes daraus zu machen, auch in dem man zeitlich das Liebesspiel in die Länge zog, bis Mike kurz vor seinem zweiundzwanzigsten Geburtstag war, es viel in die Zeit, in der sie fast kaum aktiv waren, da geschah folgendes.

Die erste reifere Frau

Mike war zu dieser Zeit wieder vermehrt in einem Chat-portal unterwegs und hatte durch seine Exkursionen die fixe Vorstellung, dass er gerne einmal Sex mit einer älteren Frau haben wollen würde.
Somit machte er sich gezielt auf die Suche nach Damen Ü30.
Nach relativ kurzer Zeit hatte er auch schon eine an der Angel, die sein Interesse geweckt hatte.
Zu Beginn wusste Mike nur, dass sie Sandra heisst und zum damaligen Zeitpunkt 37 Jahre jung war. Beide schrieben relativ häufig miteinander, meist über Dies und Jenes, aber auch über erotische und Beziehungsthemen. So erfuhr er, dass sie verheiratet ist, zugleich aber auch eine Affäre mit einem etwas jüngeren Mann hat. Aus irgendeinem Grund war Mike von ihr fasziniert, er lies nicht locker und so kam es, dass sich beide vormittags an einem Parkplatz trafen.
Es war ein erstes Kennenlernen, beide erzählten von sich und von ihren Leben. Nach etwa einer halben Stunde verabschiedete man sich, diese Zeit allerdings reichte Mike, er war so angetan, dass er nun auch unbedingt mit ihr vögeln wollte. Als er sie das nächste Mal aber im Chat anschrieb und das Thema darauf lenkte, blockte sie ab, Mike sei sehr sympathisch, aber sie wäre im Moment ausgelastet, dies leuchtete ihm auch ein.
Dies änderte allerdings nichts an der Tatsache, dass er endlich mal Sex mit einer reifen Frau haben wollte.
Er fing an, wenn er Abends im Chat war, nach passenden Damen zu suchen und musste nicht lange warten bis eine gefunden war, sie war 39, sah ganz gut aus wohnte allerdings 100km entfernt. Trotzdem

schrieb er sie an und lud sie für den selben Abend zu sich ein, doch leider zog sie nicht richtig, da man sich ja erst kurz durch das Schreiben kannte.

Zum besseren kennen lernen wurde kurzerhand telefoniert, dennoch blieb sie hartnäckig. Kurz darauf kam Sandra in den Chat und Mike bat sie, sich mit seinem Aufriss Doris zu unterhalten, um ihr klar zu machen, dass er keine bösen Absichten hat. Es dauerte nicht lange bis Doris nach der Adresse fragte und sich auf den Weg machte. Sie kam tatsächlich, man setzte sich zunächst ins Wohnzimmer, trank ein Bier und unterhielt sich ausgelassen und offen über Sex.

Etwa eine halbe Stunde später wechselte man die Örtlichkeit und begab sich ins Bett. Doris und Mike begannen sich zu küssen, zogen sich dabei gegenseitig Stück für Stück aus, beginnend mit dem Oberteil nach unten wandernd.

Als beide vollständig nackt waren, begann er sie zärtlich am Hals zu liebkosen und gleichzeitig streichelte er mit einer Hand ihren reifen, aber sehr wohl geformten Körper. Ihre Brüste waren schon bisschen schlaff, dafür war der Rest ohne jegliche Falten, ein sehr flacher Bauch, einen richtig knackigen Arsch und intim blitzeblank rasiert. Die Küsse ließ er im Anschluss abwärts wandern, erst zu den Titten erst die Eine dann die Andere, die er nur minimal mit seinen Lippen berührte, gerade so das ein Kontakt entstand. Nun waren ihre Nippel an der Reihe, die Mike mit seiner Zunge verwöhnte, in dem er mit seiner Zungenspitze erst den Warzenvorhof entlang fuhr, um anschließend damit, so sanft wie nur irgendwie möglich, die Warzen selbst zu berühren. Kurz darauf zwickte er die Nippel behutsam zwischen seinen Lippen ein, saugte zärtlich daran und stieß gleichzeitig mit der Zunge im Mund dagegen. Es schien ihr zu gefallen, denn ihre Nippel wuchsen circa um das Doppelte an, nicht in der Länge, sondern im Umfang, so was hatte Mike noch nie erlebt, aber es sah sehr geil aus. Nach dieser Aktion begann er wieder ihren Körper mit Küssen zu bedecken, welche er weiter nach unten wandern lies, über ihren Bauch bis hin zu ihrer Pussy. Dort angekommen leckte und küsste er zu Beginn einige Male die äußeren Schamlippen von unten nach oben. Doris legte ihren Kopf nach hinten, hob ihr Becken leicht an und begann erregt zu atmen. Dies waren für Mike alles Zeichen, dass es ihr gefiel und sie es heiss fand. Als er spürte das ihre Muschi feucht wurde, leckte er direkt über ihre geile Spalte, ebenfalls von unten nach oben um

am Kitzler zu enden. Dort angekommen kreiste er einige Male mit seiner
Zunge sanft um den Kitzler, bis er dann die komplette Fläche der Zunge nutzte, um immer wieder auf und ab direkt darüber zu lecken, Anfangs ganz leicht und mit zunehmender Erregung von Doris auch mit immer mehr Druck. So schleckte er sie ungefähr zehn bis 15 Minuten, denn so lange dauerte es, bis sie innerlich explodierte und sich ihre Geilheit in einem Orgasmus ausdrückte.

Anschließend legt Mike sich auf Doris, steckte sein mittlerweile extrem harten Schwanz in ihre Pussy und schob ihn, in dem er sein Becken vor und zurück bewegte, rein und raus. Allerdings war er so erregt, dass er bereits nach wenigen heftigen Stößen abspritzte.

Beide lagen danach im Bett auf dem Rücken, eng aneinander, genossen für ein paar Minuten den Moment, ehe sich Doris anzog und die Heimfahrt antrat.

Dies war Mike's erste reife Lady und es war, gemessen an seinen damaligen Erfahrungen, richtig gut.

Die Lehrerin

Nach dem Mike seinen Spaß mit Doris hatte, meldete sich Sandra, da sie nun mehr Zeit hätte und sich gerne mal treffen würde.

Das kam Mike sehr gelegen, also überlegte er auch nicht lange und machte gleich was mit ihr aus. Ihr Mann hatte Nachtschicht, somit traf man sich, eines Abends, bei ihr in der Wohnung. Mike hatte zu Beginn ein mulmiges Gefühl, welches aber bei einem Glas Wein schnell verflog und dann ging alles relativ schnell.

Man wechselte die Örtlichkeit und ging von der Couch ins Bett, wo auch schon das erste neue Erlebnis wartete.

Sie hatte ein Wasserbett. So ein Bett ist ehrlich eine Erfahrung wert und wenn es mit der richtigen Menge Wasser befüllt ist perfekt um in sämtlichen Stellungen zu vögeln.

Mike legte sich mit dem Rücken auf das Bett, so wie Sandra es wollte. Er konnte gar nicht so schnell schauen, wie sie ihn komplett entkleidete und ihm förmlich die Klamotten vom Laib riss. Er war

erstaunt war voller Vorfreude was da noch folgen würde. Sie krabbelte auf das Bett, zielgenau und auf direktem Weg zu seinem besten Stück. Ohne große Umwege nahm sie ihn in den Mund, lutsche und saugte daran, wie es Mike noch nie erlebt hatte, erst nur mit dem Mund, dann nahm sie eine Hand zur Hilfe, mit der sie den Schwanz umklammerte und die Hand gleichzeitig, langsam hoch und runter bewegte, also ob sich Mike Einen wichsen würde, hatte ihn aber durchgehend auch im Mund. Einerseits fühlte es sich an, als würde sie ihm sein Sperma im Zeitlupentempo direkt aus dem Sack durch den Penis heraus saugen, andererseits hatte er das Gefühl eines mächtigen Druck genau in seiner Eichel, als ob diese von innen beginnen würde zu platzen. Jedenfalls war es so geil, dass Mike keine zehn Minuten durchhielt bis es aus ihm heraus spritzte. Erst wollte er Sandra noch unterbrechen, doch vor lauter Erregung war es ihm dann ziemlich egal und er ließ sie einfach machen. Unmittelbar vor seinem Orgasmus wollte er seinen Schwanz aus ihrem Mund ziehen, wogegen Sandra sich allerdings wehrte und so schoss die ganze Ladung in ihre orale Öffnung. Sie schien davon nicht besonders angetan, jedenfalls schluckte sie das ganze Sperma. Mike war sehr überrascht, denn das
hatte bisher noch keine getan, er fand es aber richtig geil. Sofort im Anschluss, als Sandra seinen Schwanz sauber geleckt hatte, kam sie zu ihm hoch, setzte sich auf Mike und ließ dabei, den noch harten Penis, in ihre feuchte Pussy gleiten. So ritt sie ihn, bis er ein zweites Mal in ihr ejakulierte. Mike war etwas irritiert, da sie kein Kondom verwendeten, worauf Sandra trocken meinte, wenn sie schon seinen Saft schluckt, dann ist das in der Möse auch schon egal und was das Risiko einer Schwangerschaft betrifft, sei sie sterilisiert.
Bei seinem nächsten Besuch nahm sich Mike fest vor, dass er unbedingt Sandra bis zum Ende verwöhnen möchte, nach dem sie ihm so viel Gutes getan hatte.
Mittlerweile hatte sie sich von ihrem Mann getrennt, der auch kurz darauf ausgezogen war und so traf man sich am frühen Nachmittag, während ihre Tochter noch in der Schule war. Diesmal kam man aber nicht bis ins Schlafzimmer, denn die beiden begannen sich schon an der Wohnungstüre leidenschaftlich und wild zu küssen, direkt nach dem die Türe geschlossen war, entkleideten sie sich gegenseitig, jeder abwechselnd ein Kleidungsstück vom anderen. Als beide nackt waren, führte sie Mike zum Esstisch, auf diesen sich Sabine rücklings darauf legt, er nahm sich einen Stuhl, stellte diesen

direkt vor ihre weit gespreizten Beine, setzte sich und begann sie zu lecken. Kurz nach dem er begonnen hatte, nahm er dieses Mal auch seine Finger zu Hilfe. Er verwöhnte oral ihren Kitzler, während er gleichzeitig, erst mit dem Mittelfinger, dann auch noch mit dem Zeigefinger, sie vaginal stimulierte, er versuchte, wie er es bereits in einigen Beschreibungen gelesen hatte, ihren G-Punkt zu finden und zu reizen. Dies gelang ihm offenbar auch, denn im Zusammenspiel mit seiner Zunge, erregte dies Sandra zunehmend, wie an ihrem immer lauteren und heftigeren Stöhnen zu vernehmen war. Ungefähr nach zehn bis fünfzehn Minuten drückte sich diese Erregung bei ihr auch in einem heftigen Orgasmus aus. Mike gönnte ihr etwas Zeit zum verschnaufen, in dieser Pause sagte sie in einer charmanten Art, dass sein Schwanz ja nicht gerade der größte sei, aber was er mit seiner Zunge und seinen Finger mache ist umwerfend geil. Dies war für Mike eine Aussage, um für sich diese Technik noch zu verbessern. Nachdem Sandra wieder genug Luft hatte begann er sie auf dem Tisch zu ficken. Dazu nahm er ihre Beine, legt sie über seine Schultern, zog Sandra zu sich, dass ihr Arsch gerade noch auf dem Tisch auflag, schob seinen harten Penis in ihre Vagina, er begann mit sanften stößen, die mit zunehmender Erregung auch immer härter und heftiger wurden. Dies machte Mike so lange, bis er zum Höhepunkt kam und in ihr abspritzte.

Nach diesem Erlebnis trafen sich beide noch etwa vier oder fünf Mal, wobei man sich immer erst oral verwöhnte und im Anschluss richtigen Sex hatte, mal war er oben, mal war sie oben, dann nahm er sie mal wieder von hinten, doch was für Mike wichtiger war, er konnte bei jedem Treffen seine Leck- und Ficktechnik verbessern. Dies geschah überwiegend dadurch, dass Sandra ihm zeigte, was zwar speziell sie, aber auch Frauen im Allgemeinen gern haben und sie brachte ihm das Stöhnen bei, in dem sie ihn immer wieder aufforderte, seinen Gefühlen hörbar freien Lauf zu lassen, denn Mike war bis dahin eher ruhig und gab beim Sex kaum einen Laut von sich, sie nahm ihm die Scheu davor.

Nach etwa drei Monaten verlief sich diese lehrreiche Affäre leider im Sande, da man immer weniger Zeit für einander fand und die Interessen in verschiedene Richtungen gingen, so wollte Mike lediglich eine Affäre und Sandra eher eine Beziehung, doch da sie ihm nie Nachwuchs schenken hätte können, war dies Thema für Ihn erledigt.

Die Mitschülerinnen

Mike hatte nun auch endlich eine Ausbildungsstelle gefunden, an seinem ersten Tag in der Berufsschule musste er feststellen, dass er mit seinen mittlerweile dreiundzwanzig Jahren zu den drei Ältesten der Klasse, gehörte, dies sollte ihm jedoch keine Nachteile bringen, wie er Laufe des ersten Jahres noch feststellen durfte.
Es gab da nämlich eine Steffi und eine Nadine.
Steffi war eher der zierliche Typ, circa 165cm groß, blonde lange Haare, schlank, normal große Brüste und irgendwie süß.
Nadine war dagegen viel mehr Frau, schon in die Richtung eines Vamp. Sie war etwa 175cm groß, hatte lange schwarze Haare, war auch schlank aber kein Knochengerüst, hatte einen richtig knackigen Arsch, alles fast perfekt proportioniert und für ihre Figur regelrechte rießen Titten, geschätzt Körbchengröße D oder sogar E, dazu trug sie immer Oberteile und Hosen, die alles was vorhanden war bestens präsentierten.
Beide waren erst siebzehn, doch beide hatten es Mike angetan und er begann zu überlegen, wie er sie rum bekommen könnte.
Viel nachdenken musste er nicht, da sich das meiste von alleine und schneller als gedacht, ergab. Anfangs sucht er die Nähe zu Steffi, dies gelang ihm auch relativ gut und durch seine eindeutig zweideutigen Kommentare war das Eis schnell gebrochen, dazu kam noch, dass sie offenbar auch Interesse für Mike hatte. Ziemlich bald nach diesem beschnuppern verabredeten sie sich Nachmittags, um auf einen Kaffee zu gehen und bei diesem Treffen kam es auch schon tatsächlich zu den ersten Küssen. Er war überrascht wie leicht das Alles ging. Zwei Mal pro Woche war Schule, Zeit genug sich zu sehen, ohne Ausreden suchen zu müssen und Zeit genug um in Pausen Zärtlichkeiten auszutauschen. Allerdings ließ sich leider nicht zu mehr hinreissen, als den Knutschereien und Streicheleinheiten, auch nicht wenn man sich ausserhalb der Schule traf.
Da kam es Mike sehr gelegen, dass diese Aktionen von Nadine nicht lange unbemerkt blieben. Diese suchte eines Tages das Gespräch mit ihm, um ihm zu beichten, dass sie ziemlich enttäuscht ist, weil er was mit Steffi hat und nicht mit ihr.
Nun war Mike restlos bedient, denn mit so was hatte er nicht gerechnet und er wusste auch nicht, was er drauf antworten sollte, da sagte er spontan, dass das doch egal ist und das Nadine trotzdem was

mit ihm haben könne.

Sie willigte sofort ein, für Mike eine rießen Überraschung aber auch sehr interessant.

Einige Tage später holte er Nadine Spätnachmittag bei ihr zu Hause ab und sie fuhren zu ihm. Erst saß man noch im Wohnzimmer, unterhielt sich über Schule, Arbeit und lästerte über Mitschüler. Ziemlich schnell aber kam man zum Thema Sex und damit nicht genug, nach etwa zehn Minuten Unterhaltung meinte Nadine, dass es doch wesentlich geiler wäre zu vögeln, als nur darüber zu reden.

Also gingen beide ins Schlafzimmer und machten es sich auf seinem Bett bequem, wo sich dann beide gegenseitig auszogen. Es war ein Genuss sie zu entkleiden, alles war viel knackiger, als bei den reiferen Damen, dazu war sie sehr gut gebaut und komplett rasiert, es hing absolut nichts und selbst ihre Schamlippen waren noch richtig zart und straff.

Sie legte sich auf den Rücken, spreizte ihre Beine und Mike begann sie, mit seiner bisher erlernten und erfolgreichen Technik zu lecken. Sie schmeckte richtig frisch und ihr schien es sichtlich zu gefallen. Nach dem er sie durch orale Stimulation des Kitzler und gleichzeitigem fingern spürbar und hörbar zum Höhepunkt gebracht hatte, wollte er seinem kleinen Freund auch dieses Erlebnis einer solchen Pussy gönnen, die auch noch relativ eng war. Er setzte sich aufs Bett, holte ein Gummi aus der Schublade und begann ihn sich über zu ziehen. Während dessen fragt Nadine, ob er sie gerne offen oder geschlossen bumsen will.

Mike wusste nichts damit anzufangen, also fragte er nach was sie damit meinte.

Sie erklärte ihm, dass sie es jetzt gerne in der Doggystellung besorgt bekommen möchte, offen sei dann wenn sie mit gespreizten Beinen kniet und geschlossen eben mit zusammengepressten Beinen. Er überlies Nadine, mangels Erfahrung, die Entscheidung und sie kniete sich vor ihm in Position. Sie wählte die geschlossene Variante, Mike kniete sich hinter sie, wofür er nun wieder rum seine Beine leicht spreizen musste, um sich nicht auf ihre zu knien. Er betrachtete noch kurz ihren wundervollen, knackigen Arsch und machte sich daran sein Schwanz in ihr zu versenken. Dies gelang leichter als gedacht, denn ihre Pussy war immer noch perfekt feucht und obwohl alles viel enger aussah, als bei der breiten Version, war es kein Problem, eher das Gegenteil, da ihre Möse somit noch ein Stück enger war. Dies hatte allerdings auch den Nachteil, dass er nicht lange durchhielt bis er seinen Höhepunkt erreichte, obwohl er langsame, sanfte Stöße und schnelle, harte abwechselte, wobei ihre Optik auch eine Rolle mitspielte. Nach diesem Erlebnis legten sich beide Arm in Arm hin und verbrachten so die Nacht. Am nächsten Tag war Schule angesagt, Nadine brauchte etwas länger, somit kamen die beiden mit etwas Verspätung zum Unterricht, da war Mike's männlichen Klassenkameraden sofort klar und er wurde den ganzen Tag ausgequetscht.

Einige Tage später wiederholten sie diese nächtliche Aktion, es war wieder ein Klasse Erlebnis, bis Nadine nach dem Sex mit Mike über ihre Vorlieben sprach. Diese waren ihm eine Spur zu heftig. Sie hatte die Vorstellungen eines Rollenspiel, das war ja soweit noch in Ordnung, doch sie wollte eine Vergewaltigung als Spiel, bei der man ihr Schmerzen zufügt, ihr die Klamotten zerreist und sie zum Sex zwingt. Dies lehnte Mike strikt ab.

Es vergingen einige Tage wo beide keinen Kontakt zu einander hatten. Am nächsten Schultag kam Nadine au Mike zu und bat ihn um ein Gespräch. Er holte sie am Nachmittag ab, sie fuhren an einen See, wo sie ihm gestand, dass sie sich in verliebt hatte und wollte, dass Mike seine Beziehung beendet und ganz ihrer ist. Mike war geschmeichelt, dass sich eine, optisch so heisse junge Frau, in ihn verschaute, doch er lehnte ab, da er aus Erfahrungen wusste, dass Mädchen in ihrem Alter noch sehr sprunghaft sind und er eine feste Beziehung, die auch Zukunft hat, haben wollte, die er ja auch eigentlich schon führte. Nadine war wütend, dies lies sie ihn auch am darauf folgenden Schultag spüren, er durfte sich nicht mehr neben sie setzen, statt dessen saß da Steffi, der sie Alles, was zwischen den beiden war, erzählte. Beide wollten Mike den gesamten Tag zu einem Dreier überreden, doch er hatte die Befürchtungen, dass dies nur ein Vorwand ist, um Rache an ihm zu üben und somit lehnte er auch dies Angebot ab. Das restliche Schuljahr kam man ganz normal, wie typische Klassenkameraden, miteinander aus, danach verließ sie die Schule, weil ihr der Job kein Spaß machte und der Kontakt verlief im Sande.

Eine weitere ältere Frau

Mike war nun am überlegen, ob die jüngeren Frauen nicht doch besser waren, doch zum einen hatten die älteren mehr Erfahrung, beim Sex hatte er das Gefühl, dass er intensiver ist, an sie war leichter ran zu kommen und Reiz übten sie auch mehr auf Mike aus, so kam es, dass er sich trotz der frischeren Körper, für das ältere Semester entschied.

Nach Nadine vergingen auch nur etwa zwei Monate, bis er wieder ein neues "Opfer" gefunden hatte. Sie hieß Carmen, war 37, hatte schulterlange schwarze Haare, war mit etwa 1,70m relativ groß und weiblich aber schlank gebaut. Sie wohnte circa 40 Kilometer entfernt und nach einigen nächtlichen Chats war sie auch zu einem realen Treffen bereit.

Es war ein lauer Sommerabend, Mike machte sich hübsch und fuhr zu ihr. Als er ankam war noch eine Freundin von Carmen anwesend und er machte sich schon Hoffnungen auf zwei Frauen gleichzeitig, da diese auch sehr attraktiv war, doch sie war wohl nur hier um sicher zu gehen, dass er kein böser war, denn kurz nach seiner Ankunft brach sie auf.

Carmen und Mike setzten sich an den Esstisch, er trank ein Bier, sie ein Whiskey-Cola, anschließend bevorzugten sie die Couch, wo man sich dann Stück für Stück entkleidete. Für ihr Alter und die Tatsache, dass sie zweifache Mutter war, hatte sie einen tollen Körper und selbst ihre Küsse machten irgendwie Appetit auf mehr. Mike begann sie, nachdem er einige Küsse über ihren Body verteilt hatte, auf seine mittlerweile bewährte Technik zu lecken, was ihr auch zu gefallen schien, zumal sie das mittels stöhnen noch lauter äußerte, als seine Lehrerin. Er leckte sie eine gute halbe Stunde, leider ohne den gewünschten Erfolg, dass sie zum Orgasmus kam, doch er wollte sie endlich richtig bumsen. Somit brach er die orale Stimulation ab und schob ihr seinen hartes Glied in die nasse Spalte, auch dies gefiel ihr hörbar. Er benötigte etwa fünfzehn Minuten, da das Sofa nicht gerade das bequemste war und er immer wieder in der Missionarsstellung mit den Knien abrutschte, bis er das Kondom von innen mit seinem Samen füllte. Er blieb noch kurz auf ihr liegen, ging dann aber zur Toilette, um den Gummi zu entsorgen, als er zurück kam saß sie auf dem Sofa, allerdings immer noch nackt und vor allem mit gespreizten Beinen, ein geiler Anblick.

Sie sah ihn an und meinte, dass sie leider keinen Orgasmus hatte, für sie zum Sex aber einer dazu gehört und ob es ihn stört, wenn sie es sich jetzt schnell selbst macht. Mike war kurz enttäuscht, dass er es nicht geschafft hatte ihr einen Höhepunkt zu bescheren, doch dann war er gleich richtig neugierig, ihr dabei zu zusehen, also willigte er ein, saß sich ihr gegenüber und genoss den heissen Anblick, wie sie es sich besorgte. Er beobachte dabei genau was sie tat, um auch aus dieser Situation zu lernen.

Sie legte Ihren Kopf nach hinten auf die Lehne, schloss ihre Augen, legte eine Hand auf ihre Brust und streichelte sich dort, die andere Hand ließ sie in ihren Schoß gleiten. Zeige- und Mittelfinger streckte sie aus, die anderen winkelte sie ab und fuhr anschließend mit den ausgestreckten Fingern in ihr nasses Loch. Diese schob sie eine Zeit lang tief rein, wieder ein Stückchen heraus und wieder hinein, so lange bis sie von ihrem Saft schön feucht waren, dann zog sie sie ganz heraus, legte die ganze Hand auf ihre Pussy, so das der Mittelfinger mit seiner Spitze exakt ihren Kitzler berührte. Mit diesem begann sie ihn mit wenig Druck und in kreisenden Bewegungen zu massieren, Anfangs noch langsam aber immer schneller werdend. Es dauerte keine fünf Minuten, bis auch sie ihren Orgasmus erlebte. Mike prägte sich diese Technik ein, um sie bei Gelegenheit an einer Frau anzuwenden. Zunächst verabschiedete er sich allerdings und fuhr nach Hause mit relativ wenig schlechtem Gewissen, dafür hatte er wieder etwas dazu gelernt und hatte ein geiles Erlebnis.

Mike erfragte per SMS ihre Vorlieben und Lieblingsstellungen, um sich besser auf sie einzustellen, damit auch er sie zum Höhepunkt bringen kann und so wusste er, dass Carmen es gern in der Doggy hat und auch gern mal anal, dies reizte Mike noch mehr.

Etwa zwei Wochen später trafen sich die Beiden erneut, zu Beginn lief das Date analog dem Ersten ab, doch dann ging man in ihr Schlafzimmer und nicht auf die Couch. Auf dem Bett entkleideten sie sich wieder gegenseitig und als sie nackt waren begann Mike sie zu lecken und zu fingern. Diesmal bemerkte er allerdings, als er sie mit den Fingern stimulierte, dass da mehr als ein oder zwei Finger hinein passen, also schob er einen nach dem anderen zusätzlich nach, bis seine ganze Hand in ihrer Pussy verschwunden war. Geil. Nun leckte er sie, überwiegend am Kitzler und gleichzeitig verwöhnte er sie mit der Hand innerlich und diese Aktion ging auf, denn nach circa fünfzehn Minuten kam sie diesmal schon zu ihrem Orgasmus und Mike hatte sein Ego gestillt. Im Anschluss zog er sich wieder sein Gummi über, während sich Carmen, instinktiv als ob sie es geahnt hätte, in der Doggystellung positionierte, Mike kniete sich hinter sie und schob sein Penis zunächst in ihre Vagina, begann sie mit einigen sanften, doch bald schon mit härteren Stößen zu bumsen. Allerdings nur bis kurz vor seinem Orgasmus, er zog sein Schwanz heraus und führte in sanft in ihr Arschloch. Es war ein gutes Gefühl, da es wesentlich enger und muskulöser war als ihre weite Pussy, von Stoß zu Stoß erhöhte er die Härte, bis er nach kurzer Zeit abspritzte. Nun zog er sein bestes Stück wieder heraus, ging den Gummi entsorgen und zog sich an. Beide rauchten noch eine Zigarette und dann fuhr Mike wieder heim. Man traf sich im Anschluss noch etwa drei weitere Male und hatte jedes Mal auf ähnliche Art und Weise geilen Sex bei dem beide auf ihre Kosten kamen, bis Carmen Mike per SMS bat sich nicht mehr zu treffen, da sie das nicht mehr will, sich nur zum vögeln zu treffen, sondern sie hätte gern etwas festes. Somit war auch diese reife Lady Geschichte und Mike konzentrierte sich wieder auf seine Beziehung.

Eine weitere erwähnenswerte Lady

Sie war die wohl reifeste Dame, zumindest auf das Alter bezogen, die Mike je hatte. Er selbst war zu diesem Zeitpunkt vierundzwanzig, während sein Gegenüber schon neunundvierzig Jahre hinter sich hatte. Doch das war für ihn relativ, da das Alter lediglich eine Zahl ist, außerdem wollte er auch mal Eine an die fünfzig, einfach nur zum Testen, wie diese Altersgruppe vögelt. Auch diese Dame lernte er wie alle Anderen bisher im Chat kennen. Nach etwa drei Wochen unregelmäßigem Schreiben verabredete man sich an einem Sommerabend zu einem Spaziergang. Sie wohnte zwanzig Kilometer entfernt, kam aber zu dem Date bis nach Bergdorf, wo man sich an einem großen Parkplatz, der zu Abend- und Nachtzeiten sehr leer ist, traf. Ihre Optik war etwas Gewöhnungsbedürftig, weil sie nicht der durchschnittlichen Frau entsprach. Sie war groß, circa 1,75m bis 1,80m, hatte von Natur aus rot-orange, schulterlange, gelockte Haare, welche auch nicht gefärbt waren und war sehr schlank, wie Mike einige Tage später feststellen konnte, für seinen Geschmack schon zu dünn. Beide gingen gemütlich ein Stück an dem nahegelegenen See entlang und dann wieder zurück zu den Autos, dabei plauderte man über belanglose Dinge, aber auch warum sich Mike für wesentliche ältere Frauen begeistern konnte. Da er den genauen Grund dafür selbst noch nicht gefunden hatte, antwortete er darauf immer, dass er das Gefühl habe, sich mit ihnen besser, vor allem über

ernstere Themen, unterhalten zu können und das er den Sex mit ihnen wesentlich intensiver empfindet als mit gleich-altrigen oder jüngeren, da diese oft nur die Rein-Raus-Nummer kennen und anwenden, ohne sich dafür richtig Zeit zu nehmen und fallen zu lassen.

Dies traf meistens auch wirklich zu.

Um den reifen Ladys zu schmeicheln, fügte Mike oft auch noch hinzu, dass er ihre Körper um einiges attraktiver findet, da sie logischer Weise weiter entwickelt, zu Ende geformt und mit Erfahrung versehen sind.

Dies war nicht wirklich seine Meinung, kam aber bei den Frauen gut an.

Als der Spaziergang, der ja eigentlich nur zum gegen-seitigen beschnuppern diente, beendet war, stiegen beide in das Auto von Mike ein, welches ganz hinten im dunkelsten und abgelegensten Eck des Parkplatzes stand, allerdings nicht wie gewöhnlich auf Fahrer- und Beifahrersitz, sondern sie machten es sich sofort auf der Rückbank bequem. Erst saßen sie ganz normal neben einander, um jedoch das Eis etwas zu schmelzen und um das Ganze in Richtung Sex zu lenken, musste etwas passieren, also streckte Mike seinen Arm aus, legte diesen um ihre Schultern, zog sie mit ihrem Oberkörper an seinen, so das sie sich anschmiegen konnte und halb liegend, halb sitzend an ihn gekuschelt war. Man redete noch bisschen weiter über relativ unwichtige Dinge, ehe die Atmosphäre so weit entwickelt war, dass sie sich gegenseitig küssten, als sie sich wieder mal ansahen und nicht beide aus der Frontscheibe starrten. Zu Beginn war es ein langer, leidenschaftlicher Kuss, die jedoch schnell in immer kürzere, nach Verlangen schmeckende Küsse, wechselten. Mike hielt sich in diesem Moment zurück, er überließ ihr den aktiven Part, wollte somit herausfinden, wie eine fast fünfzig jährige an einen Mann ran geht, wie sie ihn verführt und flach legt.

Sie küsste ihn viel auf den Mund, zwischendurch aber auch an seinem Hals und mit einer Hand griff sie immer wieder mal in seinen

Schritt, reizte sein Schwanz etwas durch die Hose hindurch, bis sie nach etwa zwanzig Minuten fummeln und knutschen, sein Hose öffnete und mit der Hand sogar unter die Short hinein fuhr. Mike war schon richtig geil auf sie, was sie auch in ihrer Hand spürte, denn damit hatte sie seinen, schon einige Zeit harten Penis, fest im Griff. Sie stellte das Küssen ein, kniete sich vor Mike in den Fußraum vor der Rücksitzbank und zog ihm die Jeans herunter. Sie sah in verwegen an, während sie mit einer Hand, nun auf der Short, durch den Stoff sein Glied massierte. Er wurde noch geiler als er es ohnehin schon war.

Nun senkte sie ihren Kopf, massierte weiter seinen Ständer, liebkoste Mike aber gleichzeitig, sehr gefühlvoll, überwiegend an den Innenseiten der Oberschenkel, bis sie ihm mit einem kurzen, kräftigen Ruck die Boxershort nach unten zog. Sie betrachtete seinen Penis, welchen sie auch sofort wieder fest in die Hand nahm, und ließ ihren Blick, welcher nur so von Verlangen gefüllt war, wieder nach oben gleiten, um Mike zu beobachten, welche Mimiken er von sich gab. Gleichzeitig begann sie die Vorhaut hin und her zu schieben, als ob sie ihm einen runterholen wollte, dies machte sie aber nicht lange, es schien eher so, als wollte sie nur kontrollieren, ob sein bestes Stück schon dessen Endfestigkeit erreicht hatte. Denn nach einigen heftigen Wichsbewegungen nahm sie ihn einfach in den Mund. Sie fing also an ihm einen zu blasen und wie Mike spüren konnte, machte sie das richtig genüsslich, es war nämlich gut wie sie das machte, fast so gut wie damals bei Sandra. Mike wurde immer geiler und er musste immer mehr an andere Dinge denken, um nicht gleich schon abzuspritzen. Er dachte an Valeria und konzentrierte sich auf sein schlechtes Gewissen ihr gegenüber, so gelang es ihm einigermaßen seine Geilheit zu unterdrücken. Er schaffte es auf diese Methode das ganze Spiel auf etwa zwanzig Minuten auszudehnen und genoss es, wie sie ihn oral verwöhnte. Kurz bevor er merkte, dass sein Orgasmus unmittelbar bevor Stand, überlegte er noch, ob er ihren Kopf hochziehen, oder sie zumindest warnen sollte, dass es gleich aus seinem Schwanz spritzt, doch dann entschied er sich für das extreme Gegenteil, dachte in diesem Moment nur egoistisch daran, dass es ein geiles Erlebnis für ihn wird, er legte seine Hände auf ihren Kopf und griff so mit ein, dass er damit das Tempo und die Bewegungen vorgab. Er drückte ihren Kopf, dass sein Penis fast ganz in ihrem Mund verschwand und hob ihn, dass sein bestes Stück fast komplett raus war, erst noch langsam, doch je näher sein

Orgasmus rückte, desto schneller wurden diese Bewegungen. Dann kam es ihm und er ließ die volle Ladung in ihren Mund schießen, egal ob sie das wollte oder nicht, doch sie zeigte sich davon nicht wirklich überrascht und schluckte es einfach runter. Die beiden blieben noch einige Minuten auf der Rücksitzbank, Arm in Arm sitzen, ehe Mike sich anzog, man sich verabschiedete und beide getrennt nach Hause fuhren.

Als Mike in dieser Nacht ins Bett ging, merkte er, dass er irgendwie unzufrieden war, obwohl es geil, doch er hatte sie nicht gebumbst und schließlich wollte er ja heraus-finden, ob eine so „alte" Frau anders fickt, als die etwas jüngeren. Daher nahm er umgehend am nächsten Tag per SMS Kontakt zu ihr auf, entschuldigte sich höflich, dass nur er auf seine Kosten kam und sie einfach so zum Schlucken drängte. Für sie war das jedoch kein Problem, da man sich ja wieder treffen und dann den Spieß umdrehen könnte. Diese Einstellung spielte Mike sehr in die Karten, da er es ja auf ein weiteres Fick-Date anlegte. Als Valeria ein Wochenende verreist war, lud er die reife Dame zu sich ein.

Sie kam pünktlich und Mike freute sich auf einen weiteren heissen Abend. Er bot ihr einen Platz auf der Couch an, setzte sich gleich direkt neben sie und nahm sie ohne lange umschweife in den Arm. Man plauderte kurz über alltägliches, kam dann aber auch relativ zügig zur Sache, da beiden ja klar war, warum sie hier war. Wie gewöhnlich knutschte man rum und zog sich dabei gegenseitig aus. Nun sah sie Mike komplett nackt, sie hatte relativ kleine Brüste, geschätzt 70A, dies hatte aber den Vorteil, da sie ja im Alter schon fortgeschritten war, dass sie nicht sonderlich hingen, eher noch einigermaßen fest waren, sie war fast komplett rasiert, lediglich in der Mitte hatte sie einen hauchdünnen Streifen mit sehr kurzen Haaren, dies wirkte bei ihr jedoch nicht wirklich, da diese Haare ebenso rot-orange waren, wie die auf ihrem Kopf und sie war wirklich extrem dünn, dies hatte im späteren Verlauf den Nachteil, das Mike in der Missionarsstellung jeden einzelnen ihrer Becken-, Hüft- und Rippenknochen auf seiner Haut spürte.

Nun wollte er sie aber erst Mal verwöhnen, er begann ihre Nippel zu liebkosen, in dem er sie ganz sanft mit seiner Zungenspitze berührte und umkreise, bis sie hart waren und er etwas mit viel Gefühl daran knabberte. Sie ließ sich fallen und begann es zu genießen, dass heute ihre Bedürfnisse im Mittelpunkt standen. Mike ließ seine Küsse wie gewöhnlich nach unten wandern und begann sie auf seine etablierte

Art und Weise zu lecken, ihr Saft war eher Geschmacks los. Sie war relativ leise, doch trotzdem merkte er, dass es ihr gut tat, also machte er so weiter und verwöhnte sie oral bis sie ihren Orgasmus erreichte, somit hatte einmal sie ihm mit dem Mund einen Höhepunkt beschert und er ihr auch einmal.

Nun sollte aber auch noch gefickt werden, denn dies war ja letztendlich das, was Mike am meisten interessierte.

Also kroch er nach oben, legte sich auf sie und führte seinen Penis in sie ein. Er begann sofort sein Becken schnell hin und her zu bewegen, um sie mit harten Stößen weiter zu befriedigen und auch um selbst seinen Höhepunkt zu erreichen, da in ihm das schlechte Gewissen langsam hoch kam. Allerdings war dies nicht so leicht, da sich bei jedem Stoß ihre Hüftknochen in sein Becken, in seine Hüfte bohrten und er dadurch negativ abgelenkt wurde, zu dem bremste sie ihn auch in seiner heftigen Art ein. Mike hörte auf sich zu bewegen, zog seinen Schwanz heraus, legte sich selbst auf den Rücken und signalisierte ihr, dass sie sich auf ihn setzen und reiten soll. Vorteil dieser Stellung war, das Mike so ihre Knochen nicht spürte und diese ihn so auch nicht störten oder ablenkten.

Dieser Aufforderung kam sie gerne nach, positionierte ihr Beine abgewinkelt links und rechts von seinem Körper, senkte ihr Becken nach unten und ließ sein hartes Glied in ihr Möse gleiten. So blieb sie nun erst mal sitzen, ohne sich zu bewegen, sondern beugte sich mit ihrem Oberkörper nach vorne, um ihn zu Küssen, trotzdem aber gleichzeitig ihn in ihr zu spüren. Nach einigen intensiven Küssen setzte sie sich wieder auf und begann ihr Becken langsam zu heben und zu senken, dies machte sie mit sehr viel Gefühl, nicht nur auf Grund der Geschwindigkeit, sondern auch bezogen auf die Art ihrer Bewegungen, sie verstand es, sich so zu bewegen, dass Mike und wohl auch sie, das maximale spürten. Zwischendurch ritt sie ihn auch etwas schneller und heftiger, bremste sich jedoch zügig wieder ein, es schien, als wollte sie ihn damit reizen und locken. So schaffte sie es, ihn vergleichsweise lange zu reiten und seinen Orgasmus raus zu zögern, ohne das er sich mit irgendwelchen Gedanke, wie bisher erprobt, ablenken musste. Nach einigen Minuten kam sie wieder nach unten, küsste ihn wieder, doch diesmal hielt sie nicht still, sondern vögelte ihn gefühlvoll weiter. Auch wenn sie es langsam und zärtlich machte, doch nach etwa einer dreiviertel Stunde war Mike so geladen und geil, dass er nun auch begann sein Becken zu heben und zu senken, immer ihren Bewegungen entgegen gesetzt, um die Wirkung zu ver-doppeln, dabei wurde er auch immer schneller, um nach wenigen Stößen in ihr zu explodieren. Danach war er erst mal fertig, in dieser Zeit lagen beide noch Arm in Arm auf der Couch, solch eine Intensität hatte er an seinem Penis, abgesehen vom blasen, nur durch eine Vagina , bisher eher selten gespürt. Damit war für Mike klar, zumindest bis hier her, das ältere Frauen wirklich anders bumsen. Nicht besser, aber mit mehr Gefühl, der Sex meist intensiver ausfällt.

Sie zog sich an, verabschiedete sich mit einem innigen Kuss und den Worten: „bis zum nächsten Mal", fuhr nach Hause und beide hatten nie wieder Kontakt.

Es war eine tolle Erfahrung, doch für Mike war sie einfach zu dünn, außerdem brachte er mit ihr immer ein schlechtes Gewissen in Verbindung, da sich dieses zweite Date in der gemeinsamen Wohnung von Valeria und ihm abspielte, dies war ihm definitiv eine Lehre, dass er eine solche Aktion nie wieder durchziehen würde.

Die Nächste

Realtiv kurz nach der Alten, lernte Mike wieder mal im Chat, eine weitere Frau kennen, nennen wir sie einfach Mal Beate, sie war damals Anfang dreißig, also ungefähr lediglich sieben Jahre älter als er selbst und wohnte am äussersten Rand des Landkreises, somit hatte Mike keine Bedenken. Laut ihren Erzählungen wohnte sie in einem Haus, war ziemlich frisch getrennt und hatte drei Kinder, dies störte Mike jedoch nicht weiter. Nach ein paar Mal hin und her schreiben lud sie ihn zu sich ein, dieser Einladung folgte er an seinem nächsten freien Tag, es war etwa 10Uhr vormittags, als er bei ihr ankam, ihre beiden größeren Kids waren in der Schule, doch der ganz Kleine war zu Hause, dieser dürfte ungefähr zwei Jahre alt gewesen sein, jedenfalls registrierte er Mike's Besuch glücklicherweise noch nicht so wirklich. Beate hatte im Wohnzimmer einen sehr großen Laufstall mit vielen Spielsachen, in den sie den Kleinen setzte und die beiden Erwachsenen nahmen auf dem Sofa platz. Sie war relativ klein, etwa 1,50 -1,55m und etwas mollig, jedoch nur so, dass es noch im für Mike akzeptablen Bereich

war, durch ihre Kleidung hindurch konnte man erahnen das sie sehr große Brüste hatte, Beate trug einen schwarzen, etwa knielangen Rock, dazu eine helle Bluse, durch die man ein schwarzes kleines Oberteil mit Spagettiträgern durchsah. Die Zwei unterhielten sich relativ gut, hauptsächlich jedoch schüttete sie Mike ihr Herz aus, bezüglich ihrer Trennung und ihrem bisherigen Leben, was ihn ehrlich gesagt aber nicht wirklich interessierte, da er aber gut erzogen war, hörte er ihr aufmerksam zu und versuchte eine vernünftige Konservation zu führen, was auch ganz gut gelang.
Nach etwa einer Stunde, brachte Beate ihren Sprössling nach oben in den ersten Stock zum Mittagsschlaf. Als sie zurück kam, zog sie, während sie auf die Couch zu ging, ihren Rock immer höher, bis darunter schwarze halterlose Strümpfe hervor blitzten.
Sie wusste aus den vorangegangen Chats, dass Mike auf so was stand.
Am Sofa angekommen, vor Mike stehend, schob sie den Rock nochmals ein kleines Stückchen weiter hoch, ließ ihn einen Blick auf ihren String werfen und strich sich langsam mit zwei Fingern, von unten nach oben, darüber. Anschließend kniete sie sich hin, öffnete Mike's Hose, zog seine Shorty etwas nach unten, um sein Glied, welches durch ihre kleine Show schon etwas hart wurde, freizulegen. Beate nahm es zärtlich in die Hand und bewegte, dabei einige Male die Vorhaut vor und zurück, ehe sie es in den Mund nahm und begann genüsslich dran zu lutschen. Nun wurde der Schwanz endgültig richtig hart.
Mike ließ sich so einige Minuten lang verwöhnen, wollte dann aber selbst aktiv werden, zog sie zu sich, gleichzeitig aber auch nach rechts, so das sie neben ihm auf der Couch saß und ließ sich selbst nach unten gleiten, um letztendlich selbst vor ihr zu knien. Er schob ihren Rock nun ganz nach oben, drückte ihre beide zärtlich auseinander und begann sie an den Innenseiten ihrer Schenkel zu liebkosen. Dabei streichelte er zärtlich mit der Handfläche über ihre gesamte, intimste Zone, um ihr auch schon den String langsam und gefühlvoll nach unten abzustreifen. Als sie blank war, verlagerte Mike seine Küsse von den Schenkel zu ihrer Vagina, welche er mit seinen Lippen und der Zunge rings um ihre Schamlippen sanft verwöhnte, auf diese Art dauerte es nicht lange und Mike spürte, dass Beate richtig feucht wurde, man könnte auch sagen, dass nicht mehr viel fehlte, bevor sie beginnen würde vor Nässe zu tropfen. Diesen Moment nutzte er, um mit einem seinem Finger in sie ein-

zudringen, dabei stöhnte sie leise auf, legte ihren Kopf nach hinten, spreizte ihre Beine so weit sie konnte und rutschte noch ein Stückchen nach vorne, damit Mike noch leichter an ihre sehr erregte Pussy heran kam. Dabei spürte er, das dieser eine Finger nahezu in ihr unter ging, also schob er noch einen zweiten hinterher, während er begann sie an ihrem Kitzler zu lecken. Doch auch mit zwei Fingern fühlte es sich so an, als wäre ihre Möse immer noch nicht voll-ständig ausgefüllt und Mike führte ihr noch Einen ein, doch ehe er sich versah befand sich seine ganze Hand in ihr und Beate begann, als er die Hand in ihr hin und her bewegte, immer lauter zu stöhnen, jedoch nicht vor Schmerz, sondern eindeutig hörbar, vor Lust. Es dauerte keine fünf Minuten und ihre Lustlaute endeten in einem heftigen Orgasmus.

So etwas hatte Mike noch nie erlebt, dass eine Frau spürbar, so extrem schnell zu ihrem Höhepunkt kam, er war richtig überrascht und staunte nicht schlecht.

Beate sah ihn an und entschuldigte sich für ihr schnelles Kommen, was Mike noch mehr verwirrte, da er bisher dachte, dass normalerweise Mann für eine solche Situation um Verzeihung bat. Sie zog ihn zu sich auf das Sofa, dabei küssten sich die Beiden innig, leidenschaftlich und wild, kurze Zeit später drückte sie ihn zur Seite, so dass Mike neben ihr saß, sie öffnete ihre Bluse und legte ihre leicht hängenden, aber auch relativ großen Brüste frei, setzte sich auf ihn und ließ seinen immer noch harten Schwanz in ihre Lustspalte hinein gleiten. Dadurch das ihr Loch extrem weit war und auch immer noch ziemlich feucht, rutschte er ohne große Probleme, schon von alleine in sie. Beate begann ihn erst langsam zu reiten, er nutzte dies und verwöhnte während dessen oral ihre Titten und Nippel. Sehr bald jedoch steigerte sie das Tempo und ritt ihn immer heftiger, ihm blieb keine andere Möglichkeit, als dieser Reizung nachzugeben und in ihr zu seinem Orgasmus zu kommen. Danach blieb sie noch kurz auf Mike sitzen, bevor sie sich sauber machte.

Die Zwei saßen nun noch nebeneinander und Beate gestand Mike, dass dies ihr erster Sex außerhalb der Ehe und nach der Trennung war, es ihr jedoch sehr gefiel, was auch der Grund für ihren schnellen Höhepunkt war. Er zeigte Verständnis für diese Situation und gab ihr zu verstehen, dass dies für ihn absolut kein Problem ist, ganz im Gegenteil, er fand es selbst richtig geil.

Zu dieser Zeit hatte Mike, beruflich bedingt, oft unter der Woche einen Tag frei, an denen er tagsüber Zeit hatte, doch er wollte ihre

Kids raushalten, damit diese so wenig wie irgendwie möglich mitbekamen, daher musste eine andere Lösung für weitere Dates gefunden werden. Lange musste er nicht überlegen, da Beate in ihrer Freizeit relativ flexibel war, deshalb fanden die weiteren Treffen Nachts statt, wenn Mike sowieso mit einem seiner Kumpel on Tour war, machte er sich im Anschluss auf den Weg zu ihr. Das nächste Date verlief deswegen wie folgt.

Mike war Aus, nahm mit Beate Kontakt per SMS auf und verabredete sich mit ihr. Da er ihr aber keine genau Zeitangabe machen konnte, wann er bei ihr sein würde, sie aber spätestens gegen 22Uhr ins Bett ging, klingeln wegen den Kindern auch nicht möglich war, unterbreitete sie ihm den Vorschlag, dass sie den Schnapper an ihrer Haustür von geschlossen auf offen umstellt, somit müsste er nur drücken um ins Haus zu gelangen. Danach könne er problemlos in den zweiten Stock, in dem sich außer ihrem Schlafzimmer und einem kleinen Bad nichts weiter befand, hoch kommen und für den Fall, dass sie schon schlafen sollte, würde sie sich freuen, wenn er sie wach leckt oder sogar bumst. Mike fand das eine geile Vorstellung und willigte ein.

Bei dem Bier das er gerade trank, kam ihm noch die Fantasie von Sexspielzeug und fragte bei Beate nach, worauf er relativ trocken die Antwort bekam, dass sie sowieso jede Nacht Liebeskugeln in sich hätte um die Muskulatur zu trainieren, damit ihr Loch wieder enger wird, alles weitere an Spielsachen würde er dann schon entdecken oder kreativ sein und sich basteln.

Mit so einer Antwort hatte Mike nicht gerechnet, aber sie gefiel ihm so gut, dass er prompt etwas geil wurde.

Gegen 23Uhr verabschiedete sich Mike von seinem Kumpel und machte sich auf den Weg zu Beate, wo er etwa zwanzig Minuten später eintraf. Er drückte sanft gegen die Tür, die tatsächlich auf ging und schloss sie hinter sich, so leise wie möglich. Er zog sich seine Schuhe aus und schlich sich nach oben in den zweiten Stock, vor der Türe zum Schlafzimmer blieb er stehen, zog sich komplett aus, da die Beiden abgemacht hatten, dass sie nackt im Bett liegen würde, betrat sehr behutsam den Raum, orientierte sich kurz und begab sich so lautlos wie möglich zum Bett. Beate schlief tatsächlich schon. Mike hob die Decke vorsichtig an, legte sie zur Seite, setzte sich auf den hölzernen Rand des Bettes, hob zärtlich ihr linkes Bein an, dabei machte sie leider schon den ersten Mucks, schien allerdings noch nicht wach, er beugte sich nach vorne, begann sie direkt am Kitzler, jedoch sehr gefühlvoll, zu lecken, dabei wurde Beate aber sofort wach, doch sie bewegte sich nicht, sie hauchte nur ein kurzes „Hallo" in den Raum, seufzte kurz erregt und fing an leise aber lustvoll zu stöhnen. Mike bemerkte gleich den Faden der Liebeskugeln, mit denen er auch sofort anfing zu spielen, in dem er eine Kugel immer wieder heraus gleiten ließ, mit der er am Rand ihres Loch's entlang fuhr, um ihr sie dann wieder sanft einzuführen, gleichzeitig verwöhnte er sie oral weiter. Ihre Erregung steigerte sich hörbar, das Zeichen für ihn so weiter zu machen, was er auch tat, außer das sein Lecken am Kitzler schneller und druckvoller wurde. Er spielte noch bisschen mit den Kugeln, entschied sich dann aber doch, auf seine bewährte Methode mit den Fingern zurückzugreifen. Da er ja schon wusste, dass ihr Eingang relativ weit war, führte er ihr gleich zwei seiner Finger ein, merkte aber auch gleich, dass da noch Platz für mehr war. Mit den Finger versuchte er sie, so gut wie möglich, innerlich zu stimulieren, während er äußerlich weiter ihren Kitzler oral verwöhnte und weil ihr dies offenbar sehr gefiel, gab er ihr einen dritten Finger noch dazu, ihr stöhnen wurde länger, lauter und tiefer. Nun wollte es Mike genau wissen, ob Beate, die zweite Frau seines bisherigen Lebens ist, welche eine so gedehnte Vagina hat, dass fisten ohne große Anstrengungen möglich ist. Nachdem er auch seinen kleinen Finger problemlos unterbrachte, versuchte es Mike mit dem Daumen und auch dieser verschwand ohne Mühe in ihr. Somit hatte er es sich selbst bewiesen. Er bewegte die Hand in ihr, immer wieder vor und zurück, bis der erste Finger fast frei war und wieder hinein, gleichzeitig leckte er sie heftig, jedoch gefühlvoll, solange bis sie auch bei diesem Date, für eine Frau relativ schnell, ihren Höhepunkt erreichte. Mike zog im Anschluss die Hand vorsichtig und zärtlich heraus, legte sich neben Beate auf den Rücken, und gab ihr mittels Gesten zu verstehen, dass er von ihr geritten werden möchte. Ohne langes zögern kam sie dieser Auf-forderung nach, nahm seinen harten Schwanz in ihre richtig nasse Pussy auf und begann ihn gleich richtig heftig zu reiten. Dieses Mal machte sie es noch geiler als beim ersten Treffen, was wohl daran lag, dass Mike ganz flach auf dem Bett lag und sie dadurch mehr Platz hatte, um ihr Becken abwechselnd hoch und runter, zwischendurch aber mit sehr erregenden Kreisen zu bewegen. Er musste sich sehr darauf konzentrieren nicht sofort seinen Orgasmus zu bekommen, da er dieses Spiel noch eine Zeit genießen wollte. Nach wenigen Minuten allerdings brach er ab, in dem er zärtlich ihren Po anhob und sein Penis aus ihr gleiten ließ. Nun rutschte Mike unter ihr hervor, zog dabei leicht an ihrem Oberkörper, so das sie letztendlich breitbeinig in der Doggyposition kniete. Er kniete sich hinter sie, es war ein extrem heisser Anblick, da, obwohl der Po schon einiges an Masse besaß, jedoch die Backen irgendwie fast schon auseinander „klafften,„, beide Körperöffnungen sehr gut zu sehen Waren. Da war die Möse mit dem großzügig gedehnten Eingang, umrandet von leicht hängenden Schamlippen, sah aber trotzdem geil aus und bisschen darüber war ihr Arschloch, welches ebenfalls so aussah, als ob es schon das Ein oder Andere in sich hatte. Da Mike aber noch nicht wusste, ob sie auf Anal steht, entschied er sich seinen Penis wieder im ihre Pussy zu schieben, er war schon so erregt, dass er nur wenige, aber harte und tiefe Stöße benötigte um in ihr zu explodieren.

Beate legte sich im Anschluss nach vorne auf den Bauch, Mike sich seitlich neben, stützte seinen Kopf auf der unteren Hand ab und streichelte sie zärtlich noch ein paar Minuten am Rücken, ehe er sich verabschiedete, anzog und nach Hause fuhr.

Per SMS hatten sie regelmäßigen Kontakt, wodurch Mike versuchte, durch eindeutige Kommentare heraus zu finden, was Beate denn noch so alles gefällt. Sie war in der Hin-sicht relativ offen, so hatte sie kein Problem damit zum Beispiel die Augen verbunden zu bekommen, an den Armen gefesselt zu werden und auch Anal war für sie ab und an eine willkommene Abwechslung zum vaginalen Sex.

Etwa zwei Wochen nach diesem ersten nächtlichen Date hatte Mike mal wieder die Freizeit sich mit seinem Kumpel zu treffen, diese Möglichkeit wollte er nutzen, um auch Beate wieder mal einen Besuch abzustatten. Als er ihr von seinem Vorhaben schrieb, war sie sehr erfreut und konnte es kaum erwarten. Mike äußerte per SMS aber noch die Bitte, wie er den Text allerdings formulierte, schon fast die Anweisung, dass sie einen Schal oder ähnliches und eine Schnurr vor ihrer Schlafzimmertür bereit legen soll.

Dieses Treffen lief zu Beginn relativ ähnlich wie das Erste, vor der Türe lagen tatsächlich die gewünschten Utensilien, welche Mike bevor er eintrat an sich nahm.

Sie schlief dieses Mal wohl nicht sonderlich gut, da sie schon erwachte, als sich er sich auf den Bettrand saß, aber egal, denn er hatte sowieso einiges mit Beate vor. Zunächst zog er sie zu sich, so dass sie auch im Bett saß, dabei befreite er sie von ihrem T-Shirt, welches sie zum Schlafen trug, um ihr dann mit dem Schal die Augen zu verbinden, was sehr gut funktionierte. Anschließend legte er sie vorsichtig zurück, streckte ihr Arme nach oben über den Kopf und band diese mit der Schnur am Rahmen des Bettes fest. Sie gestand ihm dabei, dass dies noch nie jemand mit ihr gemacht hat, aber das sie es bisher sehr erregend findet und ihre Pussy sogar schon ziemlich feucht werden würde. Dies gefiel Mike natürlich, also machte er sich ohne um-schweife mit seinem Mund, einen kurzen oralen Zwischenstopp an ihren Titten einlegend, auf den Weg zu ihrer Möse. Dort begann er sie auf seine gewohnte Art zu lecken und gleichzeitig mit zwei Fingern vaginal zu stimulieren. Nicht all zu lange jedoch, da Beate unter anderem ihren Dildo vorbereitet hatte, welchen Mike auch nutzen wollte. Seine Zungenspitze verwöhnte weiter ihren Kitzler, während er zum Frauenspielzeug griff.

Es war ein ganz normaler Dildo, zwar schon eine Art Penisnachbildung mit Adern und einer erkenn- und fühl-baren Eichel, allerdings ohne Vibration und im durchschnittlichen Maß, was Mike nicht unbedingt erwartet hätte, bei den Ausmaßen ihres vaginalen Eingangs.

Er nahm diesen also und führte ihn ihr ein ohne das Lecken zu unterbrechen. Er schob den Dildo hin und her, so weit heraus, dass die Spitze gerade noch drin steckte und wieder bis zum Anschlag hinein, zunächst noch langsam und sachte, damit er wusste wie weit er gehen kann, so dass es für Beate noch angenehm war, dann aber immer heftiger und es schien ihr sehr zu gefallen. Mike unterbrach die Stimulation durch seine Zunge, setzte sich etwas auf und konzentrierte sich nur noch auf das Spiel mit dem Silikon-freund. Es war irgendwie ein geiler Anblick wie dieses Ding zwischen ihren Lippen immer wieder hin und her glitt. Doch während er sie so verwöhnte, kam ihm der Gedanke, dass er gerne etwas einführen würde, was größer war, vor allem was einen größeren Durchmesser besaß. Er schaute sich im Zimmer um und entdeckte Wasserflasche aus Glas, welche einen relativ schmalen Hals hatte und bald ziemlich bauchig wurde, kurz nachgedacht entschied er sich diese in ihrem eigentlichen Zweck zu entfremden. Mike stoppte das Spiel und holte sich die Flasche, da Beate gefesselt war und auch nichts sehen konnte, war etwas hilflos warum Mike aufhörte, ihr blieb aber auch nichts anderes über, als sich überraschen zu lassen. Damit sie nicht sofort mitbekam, was er ihr da in die Pussy schieben würde, fing er sie zunächst wieder an zu lecken, kurz danach verschwand der Kopf der Flasche auch schon zwischen ihren Lippen. Sie war ratlos, fand es aber dennoch geil. Mike war dies aber nicht genug, er zog die Flasche, welche noch etwa halb voll war, heraus und öffnete sie, durch dieses Geräusch erriet Beate, was er da hatte, sie war erstaunt, dass sie in ihr war und war gespannt, was als nächstes kommen würde. Er bat sie ihr Becken leicht anzuheben, stellte das Wasser auf das Bett zwischen ihre Beine, vorsichtig kippte er die Flasche nach vorne und legte deren Öffnung an ihre Öffnung, nichts floss heraus, er drückte die Spitze in sie und hob den Boden an und tatsächlich, das Wasser lief in ihr Möse hinein. Dies machte Mike so lange, bis das erste Wasser neben der Flasche heraus kam. Er nahm sie weg und begann das Wasser aus ihrer Pussy teils heraus zu lecken und teils heraus zu saugen. Für Beide eine neue aber erregende Ab-wechslung.

Nach dem Beate soweit wieder leer war, fingerte er sie noch kurz, legte sich dann aber auf sie und begann sie in der Missionarsstellung zu vögeln, bei der er sich mit seinem Becken auf ihrem abstützte, um die Arme frei zu haben, damit er ihre Beine links und rechts von sich hochheben konnte. Mike war schon so geil, dass er sofort mit heftigen schnellen Stößen begann, um aber nicht sofort zu spritzen verlangsamte er diese nach relativ kurzer Zeit wieder. Beide waren nun so richtig in Fahrt, trotzdem zog er seinen Schwanz langsam heraus und gab Beate die Anweisung sich auf den Bauch zu drehen, da sie jedoch immer noch gefesselt war, half er ihr dabei und schob ihre Beine bisschen nach vorne, so dass sie in eine kniende Position kam. Da Mike ihre Hände angebunden ließ, musste sie sich mit den Ellbogen abstützen, dies hatte aber auch den Vorteil, durch den steileren Winkel ihres Oberkörper zu ihrem Becken, dass ihr Arsch noch praller wirkte und es ihre Muschi noch besser nach hinten herausdrückte. Er konnte diesem An-blick nicht widerstehen und schob sein sehr hartes Glied sofort vaginal wieder in Beate hinein. Diesmal versuchte er sich jedoch zu beherrschen und begann sehr langsamen Stößen, fast in Zeitlupe bewegte er sich vor und zurück, seine Hände legte er dabei auf ihren Pobacken ab, welche er während dessen mal sanft knetete und streichelte. Mitten-drin fragte Mike sie flüsternd, ob sie Bock auf Anal hätte, ihre Antwort war derb, aber geil. Sie flüsterte ebenfalls, antwortete aber mit den Worten: „Ja fick mich in meinen Arsch, Hauptsache Du fickst mich richtig hart."
Dies wollte er sich nicht zweimal sagen lassen, zog sofort seinen

Penis aus ihr heraus, dieser war mittlerweile richtig nass von ihrem Saft und somit auch ziemlich flutschig. Er drückte die Backen ihres Hinterteils zunächst mit beiden Händen, dann mit einer auseinander, mit der anderen Hand führte er seinen Schwanz an ihr Arschloch, bis die Eichel schon ein kleines Stück eintauchte. Nun griff er fest, aber mit Gefühl an ihre Hüfte, drückte sein Becken langsam nach vorne und sein Glied verschwand in ihrem Po, Beate stöhnte kurz etwas heftiger auf, Mike dachte schon sie hätte Schmerzen, doch dann hauchte sie ein - Ohhh ist das gut - in den Raum und somit wusste er, dass er es richtig machte. Zunächst stieß er noch langsam, um sie daran zu gewöhnen, aber auch um nicht sofort zu kommen, ziemlich zügig wurden seine Bewegungen jedoch wieder schneller und härter. Beide stöhnten wild vor Geilheit, Mike ließ eine Hand von ihrem Becken nach unten gleiten zu ihrer Pussy und verwöhnte, während er sie weiter anal bumste, mit einer Fingerspitze ihren Kitzler, was Beate noch geiler werden ließ. Es vergingen jedoch keine fünf Minuten, bis er ihr seine ganze aufgestaute Spermaladung in den Arsch spritzte, dabei drückte er seinen Schwanz auch noch so tief wie möglich in sie hinein.

Als er merkte, dass nichts mehr kommt, zog er sein Glied langsam heraus, band sie los und kuschelte sich noch etwas an sie, dabei streichelte er sie noch etwas an ihrem Arm, zog sich aber auch relativ bald wieder an und fuhr nach Hause.

In den folgenden Wochen hatten die Beiden noch circa fünf oder sechs Mal auf ähnliche Art und Weise das Vergnügen miteinander, nicht immer mit Po-Sex, aber gelegentlich doch schon. Als ihr Mike eines Abends wieder mal eine SMS schrieb, um sich das OK zu holen, sie zu besuchen, lehnte sie dankend ab und antwortete weiter auch nicht mehr. Als er sie Tags darauf im Chat traf, schrieb er sie natürlich an und bohrte nach, bis sie ihm gestand, dass sie sich vor einiger Zeit schon, während eines Online-Fantasie-Rollenspiel, in einen ihrer Mitspieler verliebte, nun aber mit diesem auch liiert ist und plane mit ihm zusammen zu ziehen.

Somit war auch dieses Thema für Mike erledigt.

Die Drei

Mike wurde in seinem Job versetzt. Die selbe Position, allerdings ein ganzes Stück zu fahren. Jeden zweiten Arbeitstag blieb er dort in einer Pension, um sich somit Zeit und Kilometer zu sparen. Dies war eine Zeit lang ganz OK, doch es dauerte nicht lange, bis ihm die Abende in der Unterkunft zu langweilig wurden. Es gab zwar Fernseher auf den Zimmern und Schlaf schadet ja auch nicht, doch das war zu wenig und zu monoton. An einem seiner wenigen komplett freien Wochenenden nutze er die Zeit und begab sich in den Chat, mit der gezielten Suche nach Frauen aus der dortigen Umgebung. Er fand auch ziemlich zügig zwei junge Frauen, die auch noch bereit waren, ohne langes Hin und Her die Handynummern zu tauschen, da es zu dieser Zeit noch nicht überall W-LAN und erst recht keine Smart-Phones gab.

Als die neue Woche begann, schrieb Mike auch eifrig mit den Beiden, die ihm sogar per MMS ein Foto schickten, worauf er sich für die attraktivere entschied. Das Interesse war glücklicherweise nicht einseitig und so verabredete man sich für die Wochenmitte auf einen Feierabend-Drink. Er durfte sie (da der Name nicht mehr im Gedächtnis ist, nennen wir sie einfach mal Nr.1) zu Hause abholen und da es ein angenehmer Sommerabend war, gingen sie zu Fuß die paar Meter, zu einem Lokal in der Stadtmitte. Nr.1 war im selben Alter, damals 26Jahre, mit etwa 1,60m relativ klein, nicht gerade schlank, aber Mike sind Kurven ja sowieso lieber, hatte lange brünette Haare und ein recht hübsches Gesicht, zu ihrem zugegeben etwas breiterem Hintern gesellte sich ein wohlgeformtes Dekoltè. Man trank einen Kaffee, unterhielt sich dabei gut und verstand sich auf Anhieb. Da sich beide durchaus Sympathisch fanden, beschloss man nach dem Getränk sich langsam auf den Weg zu ihr zu machen, dort angekommen, lud sie Mike noch zu einem Kaffee nach oben ein, was er gerne annahm. Nach diesem weiteren Kaffee kamen sich die Beiden auf der Couch relativ schnell näher, in dem man schon Arm in Arm nebeneinander saß und begann sich zärtlich zu küssen. Als Mike jedoch Anstalten machte ihr an die Wäsche zu gehen, bremste sie ihn ein, da sie keine schnelle Nummer sein wollte, er konnte sie jedoch beruhigen, da er es verstand, ihr verständlich zu machen, dass er nicht nur Sex haben will und auch nicht nur dieses eine Mal. Sie glaubte ihm und begann nun ihrerseits sich an Mike ranzumachen. Es war eine zärtliches, sich gegenseitig erkundendes entkleiden. Nackt sah sie richtig gut aus und auch der Po passte gut zu ihrer Figur, sie war bisschen mollig, aber alles im Rahmen und das Gesamtbild passte, es harmonierte. Komplett nackt wechselten sie ihr Bett. Mike begann sie am ganzen Körper mit Küssen zu bedecken, ehe er sie leckte, er leckte sie aber nicht auf seine gewohnte Weise, sondern dieses Mal begann er gleich am Kitzler, zugleich schob er ihr auch seinen Mittelfinger in die schon relativ feuchte Pussy. So verwöhnte er sie oral einige Zeit lang, diesmal allerdings nicht, bis sie einen Orgasmus hatte, sondern, bis sie ihn an seinem Kopf mit ihren Händen liebe-voll zu sich hoch zog, er küsste sie, drehte sich zur Seite, griff nach seiner Jeans, die am Boden lag, holte ein Kondom heraus und streifte es sich über. Sie drehte sich zu Mike, setzte sich auf sein hartes Glied und ließ dieses sanft in ihre Möse gleiten. Sie bewegte sich relativ langsam auf und ab, was das Ganze aber nicht störte, eher im Gegenteil so wurde der Sex irgendwie intensiver, gleichzeitig konnte Mike seinen Höhepunkt so noch eine Weile hinaus zögern. Auf dies Art ritt sie ihn, bis er dann doch abspritzte.

Nach dem Sex blieben die Beiden noch etwas Arm in Arm gekuschelt im Bett liegen und sprachen über das eben Geschehene. Sie entschuldigte sich dafür, dass er sie nicht zum Orgasmus bringen konnte, doch beim ersten Mal ist es ihr nicht möglich, sich so fallen zu lassen und sie schämte sich, denn es ist normalerweise nicht ihre Art gleich beim ersten Date im Bett zu landen. Mike zeigte Verständnis, machte ihr klar, dass beides gar kein Problem dar stellt und er das nicht übel nimmt. Danach zog er sich an und fuhr in seine Pension zurück.

Das nächste Mal trafen sie sich in der folgenden Woche, zu diesem Date gingen sie nicht in ein Lokal, sondern machten es sich gleich bei ihr auf dem Balkon mit einem Radler gemütlich, plauderten über die Arbeit der vergangen Woche, um im Anschluss wieder in ihrem Bett zu landen. Dieses Mal wendete Mike seine besondere Lecktechnik an, die auch, nach gar nicht all zu langer Zeit, zum Erfolg führte und sie ihren Höhepunkt erleben durfte, danach folgte erst wieder genüssliches Reiten, bevor sie Mike in der Missionarsstellung mit einer Mischung aus harten und sanften Stößen bumste, bis er selbst kam. Das Kuscheln war danach allerdings nicht so harmonisch, wie nach dem ersten Sex, da sie versuchte, ihm klar zu machen, dass sie nicht nur für das Eine zu haben ist. Hier zeigte sich Mike auch wieder verständnisvoll und versprach ihr, dass sich dies in Zukunft ändern würde. Es war gut, dass er nun erstmal zwei Wochen Urlaub hatte, um dem Problem so aus dem Weg zu gehen, in diesen zwei Wochen hatten die Beiden nur einmal zu Beginn Kontakt, wo Mike ihr mitteilte, dass er nicht da sei.

Als er wieder in die Arbeit musste und sich bei Nr.1 meldete, war diese ganz schön angefressen, wollte sich aber trotzdem mit Mike treffen. Man wollte sich eigentlich an einem See treffen, der auf halbem Weg zwischen ihrer Wohnung und der Pension, in der Mike übernachtete, lag, doch das Wetter machte ihnen einen Strich durch die Rechnung und so besuchte er sie zu Hause auf einen Kaffee, nach diesem er auch wieder Sex haben wollte, doch sie ließ ihn abblitzen. Dies hatte zwei Gründe, zum Einen, weil sie richtig sauer war, nichts von ihm gehört zu haben und zum Anderen wollte sie es durchsetzen, dass Mike sie nicht nur zum Vögeln besucht. Doch nach ein paar liebe-vollen Küssen und schmeichelndem Zureden, hatte er sie wieder im Bett.

Als Mike sich einige Tage danach wieder bei Nr.1 meldete, um sie besuchen, lehnte sie dies ab, sie wollte sich irgend-wo mit ihm treffen, um nicht wieder in der Kiste zu landen. Diesmal war es Mike jedoch irgendwie egal und er gab ihr einen Korb, worauf im Anschluss noch einige wütende und enttäuschte SMS von ihr kamen, ehe sich diese Affäre gänzlich erledigt hatte.

Mike hielt sich in den folgenden Wochen etwas zurück, dennoch war, wenn er zu Hause war, im Chat aktiv und fand sogar eine Nr.3 mit der ebenfalls per SMS in Kontakt blieb. Einige Tage später sollte es dann tatsächlich auch soweit sein und er machte ein Date mit ihr aus. Er fuhr nach der Arbeit in die Pension, hübschte sich auf und holte sie zu Hause ab. Als er sie sah, war er etwas schockiert, sie wirkte wie eine graue Maus. Sie saß nun aber da im Auto, neben Mike und da er ja eigentlich kein Unmensch ist, fragte er sie, was sie gerne unternehmen würde, doch darauf hatte sie keine Antwort, es kam nicht mal ein Vorschlag. Er fragte sie, ob sie Lust hat, dass sie sich an der Tankstelle etwas zu trinken holen um sich damit in sein Zimmer zu setzen, worauf sie auch sofort einwilligte. In der Pension angekommen erzählte sie von ihrem bisherigen Leben und Mike's erste Vermutung bestätigte sich, trotz ihrer dreiundzwanzig Jahre hatte sie bisher kaum etwas erlebt, sie war vielmehr der Aussenseitertyp. Sie erzählte ihm, dass sie nie richtige Freunde hatte, sondern immer nur Bettgeschichten und auch sonst nur zwei richtige Freundschaften hätte. Mike interessierte dies irgendwie gar nicht, er dachte sich nur: dein Problem nicht meins.

Nach dem Bier wusste Mike auch nicht mehr weiter, auf der einen Seite wollte er ficken, doch auf der Anderen sah sie so gar nicht danach aus, auch optisch entsprach sie so gar nicht seinem Beuteschema. Sie war klein, etwa 1,55 bis 1,60m, hatte lange, braune, ungepflegte Haare, war sehr dünn, zu dünn, man fand keine Titten und sie trug Schlabberklamotten.

Nach dem es ihm sowieso egal war, er sich schon darauf eingestellt hatte, dass er sich diese Nacht Einen wichsen würde, war er egoistisch, sah sie an und fragte: „Soll ich Dich heim fahren, oder willst Du poppen?"

Sie antwortete, dass sich die Beiden ja schließlich zum Poppen getroffen hätten und sie schon gern möchte, da es für sie nicht leicht ist, dafür jemanden zu finden.

Gesagt getan.

Jeder zog sich selbst aus, sogar ihre Unterwäsche war aus einer längst vergangenen Zeit. Sie legte sich nackt aufs Bett, doch bei Mike tat sich nichts, er forderte sie auf, dass sie etwas an sich selbst rumspielt, setzte sich gegenüber vom Bett auf einen Stuhl und sah ihr zu. Er schloss kurz die Augen, dachte an geilen Sex mit Valeria, spielte etwas an seinem Schwanz und tatsächlich, es half, er stand. Mike stand auf, zog sich unbemerkt von ihr, zwei Gummis über, legte sich auf sie, ohne zu lecken oder irgendwelche Finger-spiele, schob sein Penis in ihre Vagina und bumste sie in der Missionarsstellung. Er dachte sich, aus welchem Grund auch immer, dass er diese ganze Situation ja auch ausnutzen kann und kurz bevor er zu seinem Orgasmus kam, was bei Nr.3 nur mit viel Fantasie und geschlossenen Augen möglich war, zog er sein Glied heraus, streifte die Kondome ab, setzte sich auf den Stuhl und bat sie, sein bestes Stück oral zu verwöhnen. Ohne zu zögern kam sie seiner Bitte nach, kniete sich vor Mike auf den Boden und begann zu blasen. Sie gehörte definitiv nicht zu den besten Bläserinnen, doch war es gerade gut genug, dass er seinem Höhepunkt näher kam, doch um endgültig an das Ziel zu kommen, schaltete er wieder sein Kopfkino ein. Mike machte keine Anstalten, ihr zu signalisieren, dass er gleich kommt und ließ alles in ihren Mund spritzen, ohne jegliche Reaktion schluckte sie seinen Saft. Danach zogen sich beide wieder an und Mike fuhr Nr.3 wieder nach Hause, im Auto äußerte sie noch kurz, dass sie auch hier wieder wohl nur ein Fick war, diese Aussage wusste er aber gekonnt zu ignorieren. Der Kontakt war damit auch beendet.

Da Mike nicht wusste, wie lange er noch in dieser Filiale tätig sein musste, war es nun dann doch mal an der Zeit, vermehrt mit Nr.2 Kontakt zu pflegen, obwohl sie auf dem Foto, welches er hatte, nicht gerade Top aussah, doch Fotos können ja täuschen und außerdem war sie in ihren SMS sehr eindeutig und versaut, dies gefiel ihm. Nach etwa zwei Wochen war es dann auch so weit und man traf sich zu einem ersten, persönlichen kennen lernen, nach Feierabend, auf dem Parkplatz vor seiner Arbeitsstätte. Nach dem es mittlerweile Herbst geworden war und um 21Uhr schon dunkel, musst Mike warten, bis Nr.2 in seinem Auto saß, um sich ein Bild zu machen, welches gar nicht so schlecht wie erwartet ausfiel. Ihr Gesicht war nun nicht das Hübscheste, da es von vielen Aknenarben gezeichnet war, dennoch konnte man sie ansehen, dass sie mit einer Kurz-haarfrisur ihr Gesicht weiter hervor hob, war nicht gerade vorteilhaft, doch wusste sie mit gelbblond gefärbten Haaren, begleitet von reichlichen neonpinken Strähnen, den Blickpunkt wieder nach oben zu richten. Sie war nicht dünn, eher normal gebaut, aber mit weiblichen Rundungen, und wusste sich, ihrer Figur entsprechend, im bequemen Look, allerdings fern ab von schlabber Klamotten, zu kleiden, sie war dazu mit 1,75m relativ groß. Man konnte sich ganz gut unterhalten und mit den Ein oder Anderen Witzeleien kam auch die Sympathie.

An diesem Abend lief aber noch nichts. Sie besuchte ihn einige Tage später in der Pension, da Mike diesmal ein etwas kleineres Zimmer hatte, ohne Tisch und Stuhl, blieb zwangsweise nur das Bett als Sitzgelegenheit, dadurch kam sich jedoch sehr schnell sehr nah. Man begann sich auch kurz darauf zu küssen und sich die Kleidung vom Laib zu blättern. Mike küsste sie am ganzen Körper und leckte ihre Pussy, nicht nach seiner Methode, nur ganz schlicht, jedoch fingerte er sie gleichzeitig. Trotz dessen, dass es ihr scheinbar gefiel, erlebte sie wohl keinen Orgasmus, doch ihm war das egal, er wollte ja nur bumsen. Also griff er nach einem Kondom, welches er sich zuvor schon auf dem Nachttisch bereit gelegt hatte, zog es über sein Glied und drang in der Missionarsstellung in sie ein, ihre Möse war etwas weiter, aber noch eng genug, so dass es sich gut anfühlte. Mike vögelte sie abwechselnd mit harten und sanften Stößen, bis Nr.2 ihn nach einiger Zeit aufforderte sie von hinten zu poppen, was er natürlich gern umsetzte. Er hielt den Gummi an der Wurzel seines Schwanzes fest und zog den steifen Freund heraus. Sie drehte sich um und kniete sich vor ihm in Position, so dass er ohne Mühe ihr seinen Penis wieder in die Vagina schieben konnte. Es folgte noch eine Vielzahl an abwechselnden Stoßbewegungen, bevor er seinen Höhepunkt, in dem er sie schnell und heftig fickte, erreichte. Im Anschluss saßen beide noch nackt auf dem Bett und plauderten etwas, bis sie sich anzog und fuhr.

Vor dem nächsten Treffen schrieb man sich wieder fleißig SMS und Nr.2, als auch Mike einigten sich darauf, dass eine ihrer Fantasien beziehungsweise Wünsche in die Tat umgesetzt werden sollte. Sie gestand ihm, dass er einen sehr netten Penis hat, dieser für sie persönlich allerdings nur für Analsex perfekt gebaut ist, aufgrund seiner Dicke, aber nicht um sie vaginal bis ans Äußerste zu reizen. Daher äußerte sie den Wunsch, dass er beim nächsten Date einen Gegenstand, egal welchen, zur Hand hat, der auch relativ dick ist, im Gegenzug würde sie Mike's Vorstellung er-füllen und nur mit einem Mantel und halterlosen Strümpfen bekleidet vor seiner Zimmertüre stehen. Während er ein-kaufen war, hielt er nach einem dicken Gegenstand aus-schau, da viel ihm eine Gurke ins Auge, wobei er sich dachte, die ist nicht teuer und für einmal benutzen erfüllt sie ihren Zweck. So nahm er sie mit und legte sie auf dem Nachttisch parat.
Dann war es so weit, Nr.2 klopfte an die Tür, Mike öffnete, sie hatte zumindest schon mal einen Mantel an, er bat sie herein, sie ging zum Bett, drehte sich um und ließ den Mantel über ihre Schultern langsam zu Boden fallen. Darunter war tatsächlich nichts, außer Strümpfe, leider Netzstrümpfe, welche nicht zu Mike's bevorzugter Variante zählen, aber egal. Sie legte sich hin, mit den Armen abge-stützt, ein Bein auf den Boden gestellt, das andere auf die Bettkante und gespreizt, eine richtig fordernde Haltung. Auf dem Weg zu ihr, zog sich Mike nebenbei aus und fummelte schon etwas an seinem Penis, damit dieser schneller hart wird. Sie entdeckte die Gurke, nahm sie in Hand, hielt sie hoch und meinte, ob es sein ernst ist sie damit zu ficken, er nickte, worauf sie kurz lachte, dann je-doch antwortete, dass sie gespannt sei, wie das wird. Er nahm sie ihr aus der Hand, kniete sich vor ihr auf den Boden, drückte mit Daumen und Zeigefinger, der linken Hand, ihre Schamlippen auseinander und

setzte mit der Gurke an ihrem Loch an. Scheisse, er hatte kein Gleitmittel. Egal, er legte das Gemüse bei Seite und begann sie zu lecken, dazu setzte er seine Zunge direkte am Kitzler an und begann diesen, ohne weitere Umwege zu verwöhnen, um sie so schnell als möglich nass zu bekommen, damit wenigstens natürliches Gleitmittel vorhanden ist. Gleichzeit streichelte er mit den Finger zärtlich über die Lippen und rings um ihr Loch. Als er genug Feuchtigkeit spürte, griff er wieder zur Gurke, setzte erneut an, drückte erst minimal, anschließend mit etwas mehr Druck und schob sie ihr vor-sichtig in die Vagina. Es funktionierte, das Gemüse ließ sich relativ leicht hinein schieben. Nach dem es ein gutes Stück in ihr verschwunden war, spielte er damit wie mit einem Dildo, etwas raus, dann wieder rein, erst langsam, dann etwas schneller, es gefiel ihr. Dazu begann Mike sie gleichzeitig auch noch zu lecken, er hörte sie nur noch stöhnen, bis sie nach etwa fünfzehn Minuten ihn aufforderte sie härter damit zu ficken. Er erfüllte ihr diesen Wunsch und bewegte die Gurke noch schneller hin und her. Es dauerte nur noch Augenblicke, bevor sie, begleitet von lautem aufstöhnen, ihren Höhepunkt erreichte. Sie nahm Mike's Hand von der Gurke, kehrte ihm den Rücken zu, ohne das Spielzeug heraus zu ziehen, kniete sich auf dem Bett hin, sah ihn an, begleitet von dem Kommentar, dass er sie doch bitte in den Arsch bumsen soll. So eine Einladung lässt sich Mike nicht entgehen, und schob ihr seinen harten Schwanz in ihren Anus. Er vögelte dieses Loch, während Nr.2 sich nach vorne beugte, nur noch gestützt von ihren Schultern und sich mit der Gurke selbst fickte. Sehr lange dauerte es nicht mehr, bis Mike, gereizt durch das Gemüse, welches er auch spürte und durch die Enge des hinteren Loches seinen Orgasmus erlebte und ihr seine ganze Geilheit in den Po spritzen ließ.

Im Anschluss an dieses Erlebnis folgte ein paar Wochen später ein weiteres Treffen, bei dem die Beiden ganz „normalen" Sex hatten. Heisses Lecken, bisschen reiten, ein wenig blasen und bis zum Ende von hinten bumsen, diesmal aber ausschließlich vaginal. Es war zugleich das letzte Date der Zwei, da Mike einige Wochen später, in denen er aber beruflich bedingt für Nr.2 keinen Kopf mehr hatte, in eine Filiale nahe seiner Heimat versetzt wurde.

Jung und Alt

Mike lernte, mit etwa Ende seines 27. Lebensjahres, unmittelbar nacheinander zwei Frauen im Chat kennen, mit welchen er sich auch richtig gut unterhielt, ohne auf ein Date oder gar Sex aus zu sein, er wollte einfach nur plaudern und trotzdem treu sein.

Die erste hieß Birgit, war damals süße 20 Jahre jung, hatte auch ein Foto in ihrem Profil und wirkte dort relativ hübsch, mit längeren blond-braunen Haaren, schlank, allerdings schon Mutter, aber zum Chatten war dies neben-sächlich.

Die zweite war Mitte vierzig und hieß Uschi, das war dann aber auch schon alles was Mike von ihr wusste, denn zu sehen war sie nicht, aber auch hier war das ziemlich egal.

Der Chat mit Birgit wurde nach relativ kurzer Zeit, aus einigen eindeutigen zweideutigen Kommentaren heraus privater und intimer, doch es blieb bei einem angenehmen, Zeit vertreibendem schreiben. Der Chat mit Uschi war eher sachlich, beinhaltete zu meist tagesaktuelle Themen, je nach dem was das Gegenüber gerade so beschäftigte, irgendwie jedoch war Mike's Interesse geweckt, wohl da sie kein Foto im Profil hatte und er aber immer gerne wusste mit wem er gerade schrieb. Daher drängte er bei jedem Schreiben etwas mehr darauf, dass sie ihm doch mal ein Foto mailt, doch alle Kunst des Bittens war vergebens.

Nach ein paar Wochen, in denen man sich regelmäßig online traf und Mike's Bitte um ein Foto nicht locker ließ, machte sie ihm das Angebot sich bei einem Kaffee kennen zu lernen. Mike dachte, bei einem Kaffee kann nicht viel passieren und nahm an, so kam es, dass die Beiden sich eines Abends auf dem Parkplatz einer Fast Food Kette trafen und im Auto einen Kaffee tranken. Als Mike sie sah, stellte er fest, dass sie dick war, richtig dick und mit 1,60m auch nicht sonderlich groß für so viel Gewicht. Da er aber auch nicht die Absicht hatte, etwas mit ihr zu Beginnen, störte ihn das nicht wirklich und er setzte sich mit seinem Kaffee zu Ihr ins Auto. Man unterhielt sich über grobe Anhaltspunkte aus dem jeweiligen Leben und was man aktuell gerade an Beruf und Hobbies betreibt. Es war ein sehr nettes, sympathisches Gespräch und sie hatte ein freundliches Wesen, eben der typische „Kumpeltyp„ aber auch nicht mehr. Nach dem Kaffee und etwa einer Stunde netter Unterhaltung verabschiedete sich Mike, man tauschte noch Handynummern und fuhr nach Hause.

Nach diesem Treffen war ihm klar, warum sie kein Foto im Profil hatte, aber auch das mit Uschi nie etwas laufen würde. So war es relativ leicht treu zu bleiben, obwohl in Mike langsam wieder Verlangen, nach einer fremden Pussy aufstieg. Am nächsten Tag schrieb er wieder mal mit Birgit, die ihm davon berichtete, dass sie nun seit etwa zwei Wochen frisch getrennt ist, aber unbedingt mal wieder geilen Sex bräuchte und on Top sendete sie Mike sehr freizügige Fotos, in einem sexy Kleid, aber auch ohne in heisser Unterwäsche und mit schwarzen halterlosen Strümpfen. Diesem Anblick und dieser Aufforderung konnte und wollte er nun nicht mehr widerstehen. Als ob sie wusste auf was er steht. Sie wusste, dass er in festen Händen war und rechnete wohl nicht mit einer Zusage, Mike allerdings gab ihr zu verstehen, dass er sie nicht sofort besuchen konnte, aber eventuell in zwei Tagen. Dies war eine Zusage mit der sie leben konnte. Zum Ende des Chats tauschten sie noch die Handynummer.
Mike war nämlich an dem von ihm vorgeschlagenen Tag mit einem seiner Kumpel verabredet. Am Tag des geplanten Date's setzte er sich per SMS mit Birgit in Verbindung, in denen er ihr schrieb, dass er total vergessen hat, dass er bereits etwas ausgemacht hatte, aber wenn es sie nicht stört, würde er gerne im Anschluss, circa gegen 23Uhr bei ihr auftauchen wollen. Sie willigte tatsächlich ein. Mike's Plan ging auf.
Während des Treffen mit seinem Kumpel schrieb er schon fleißig mit ihr und bat sie darum, doch das Outfit zu tragen, welches sie ihm auf den Fotos präsentierte, diesen Punkt ignorierte sie jedoch in ihren Antworten. Gegen Ende des Lokalbesuch's gab ihr Mike bescheid, dass er sich nun auf den Weg zu ihr macht. Sie wohnte etwa fünf Kilometer entfernt, im nächsten Nachbarort, glücklicherweise in entgegengesetzter Richtung in der Valeria und Mike wohnten. Bei ihr angekommen, war er mittlerweile richtig nervös, aber auch geil vor Vorfreude auf die fremde Muschi.
Sie öffnete ihm die Tür, er ging die Stufen bis in den ersten Stock nach oben, Birgit wartete bereits in der geöffneten Wohnungstüre. Sie trug tatsächlich das Kleid von dem Foto, es reichte ihr etwa bis

zur Hälfte der Oberschenkel, war schwarz, hauteng mit einem tiefen Dekolte und hatte im Rücken, unterhalb der BH-Linie und oberhalb des Po einen großen Runden Ausschnitt. Trotz der Schwangerschaft und ihres Kindes machte sie in dem Kleid eine tolle Figur.

Sie führte ihn ins Wohnzimmer, wo eine sehr große Couch stand, die sie offenbar auch als ihre Schlafstätte nutzte. Mike nahm auf dem kürzeren Teil platz, während sich Birgit auf die breite, längere Fläche setzte. Nun konnte Mike erkennen beziehungsweise erahnte es, dass sie sogar Strümpfe angezogen hatte, bei genauerem hinsehen allerdings, fiel ihm auf das es Netz war, wenn auch sehr engmaschiges, nicht sein favorisiertes Material, aber egal sie hatte sich richtig in Schale geworfen. Zunächst wurde etwas Smalltalk praktiziert, ehe sie dann kurz von der Trennung und ihrer Tochter erzählte, dann kam man jedoch sehr schnell zu intimeren Themen, bei denen Mike in Erfahrung brachte, dass sie gerne bläst, nicht aber schluckt, dass sie es gerne mal etwas härter hat, Fesselspielchen durchaus erlaubt sind und ab und an mag sie es auch gerne anal. Während dieser Unterhaltung begann sich sein Glied, noch gut verpackt, schon etwas zu regen. Als man auf den Balkon ging um eine Zigarette zu rauchen, nutzte Mike, als man sich wieder Richtung Sofa begab die Gelegenheit sich neben Birgit zu setzen und kurz darauf begannen sie sich auch schon zu küssen. Nach einiger Zeit mit intensivem, innigen knutschen zog er sie kurz zu sich, um ihr das Kleid unter dem Po herauszuziehen, um es im Anschluss komplett nach oben, über ihren Kopf abzustreifen.

Nun hatte er seine Gewissheit, sie trug Strümpfe und auch die sexy Unterwäsche, einen schwarzen Push-Up-Bh mit Spitzeinsatz und weissen Rändern inklusive dem dazu passenden String.

Mike legte nun so richtig los und war nicht mehr aufzuhalten, während der Küsse, streichelte er mit einer Hand schon zärtlich die Innenseiten ihrer Oberschenkel, mit der anderen fuhr er gefühlvoll ihren Rücken nach oben, bis zu dem Verschluss des BH, den er locker mit dieser einen Hand öffnete. Dies hatte er sich über die Jahre hinweg selbst beigebracht, da er die Erfahrung machte, das die meisten Frauen beeindruckt waren, wenn Mann mit einer Hand und ohne zu schauen, einen BH öffnen konnte.

Und auch Birgit war erstaunt, was sie auch mit einem Schmunzeln und dem Kommentar, „so einfach geht das also", zum Ausdruck brachte. Sie legte sich auf den Rücken, Mike legte sich seitlich neben sie, den Oberkörper durch seinen Arm abgestützt und küsste sie etwas weiter, bevor er begann ihr Brüste zu liebkosen.

Diese waren für ihren Körperbau, sie war sehr schlank für seinen Geschmack schon fast etwas zu dünn, richtig groß und nur ein klein wenig schlaff, der Stillzeit geschuldet.

Er ließ seine Küsse weiter abwärts wandern, ihr Bauch war frei von Schwangerschaftszeichen, dafür wurde er von Bauchnabelpiercing geziert, bis er an ihrem Höschen an-kam. Er beugte sich über sie, faste den Slip links und rechts und zog ihn nach unten, dabei hob sie ihre Beine, streckte sie gerade, damit Mike es leichter abstreifen konnte.

Birgit war blitze-blank rasiert, kein einziges Haar befand sich im Umkreis ihrer Vagina, die noch sehr frisch und gar nicht nach Geburt aussah. Er drückte ihre Schenkel zärtlich auseinander, legte sich dazwischen und begann sie zu lecken. Diesmal allerdings nicht nach seiner gewohnten Methode, da er ehrlich gesagt schon ziemlich ungeduldig war. Er setzte mit seiner Zunge zwischen dem hinterem und dem vorderen Loch an, fuhr nach oben, bis seine Zungen-spitze etwas in ihre Schamlippen eintauchte und begann ihren vaginalen Eingang mit kreisenden Bewegungen oral zu stimulieren und schon war von ihr ein leises aber tiefes und erleichterndes Stöhnen zu hören. Somit machte er dies noch eine Weile genau so weiter, bevor er seinen Mund kurz absetzte und begann sie behutsam zu fingern, aber unmittelbar danach, direkt überhalb dem Loch wieder seine Zunge anlegte und diese langsam zu ihrem Kitzler gleiten ließ, welchen er ebenfalls zunächst mit kreisenden Bewegungen aussen herum, im Wechsel mit direktem darüber lecken auf und ab oral verwöhnte, gleichzeitig sie aber innerlich mit einem Finger stimulierte. Dabei hatte er ebenfalls wechselnde Techniken, erst fuhr er langsam rein und raus, dann blieb er mit dem Finger mal länger in ihr und massierte die vordere Wand ihrer Lusthöhle, an der Stelle, wo der so oft erwähnte G-Punkt angesiedelt ist. Ihr stöhnen wurde lauter, tiefer und länger, das Zeichen für Mike, dass er es richtig machte. Es dauerte nicht mehr lange, da stöhnte sie in einem helleren Ton laut auf, krallte sich mit ihren Fingern in die Couch und drückte ihr Becken nach oben. Sollte dies ein Orgasmus gewesen sein? Wenn ja, war es für Mike das erste Mal, dass er den weiblichen Höhepunkt so erlebte, anstatt dem obligatorischen verengen der Schamlippen und leichtem zittern der Oberschenkel. Egal. Er war schon so geil auf sie, dass er das Lecken beendete und aufstand. Er zog seine Jeans und Boxershort aus, setzte sich wieder, Birgit beugte sich zu ihm und begann sein Hemd aufzuknöpfen, während er in die Tasche seiner Hose griff, ein Kondom herausholte und es sich über sein Schwanz zog, der mittlerweile schon mehr als hart war, so dass sie keine Gelegenheit mehr hatte auch nur ansatzweise zu blasen. Sie streifte noch das Hemd komplett ab, legte sich dann wieder auf den Rücken, Mike legte sich auf sie und schob ihr dabei auch gleich sein Penis, mit Hilfe seiner Hand, in die Pussy. Sie war richtig geil feucht. Er begann zunächst mit langsamen, leichten Stößen, da er trotz seiner Erregung, den Akt gerne genießen und in die länge ziehen wollte. Nach ein paar Mal jedoch kam von Birgit die Aufforderung, dass er sie doch endlich bitte richtig hart ficken sollte. Er gab ihr zu verstehen, dass er dann jedoch relativ schnell kommen würde, was ihr jedoch ziemlich egal war, also stieß er so hart und kräftig zu wie er nur konnte. Sie hatte richtig Gefallen daran und nach ein paar weiteren Stößen füllte sich der Gummi mit Mike's Sperma. Er zog sein Glied heraus, ging das Kondom entsorgen, kuschelte sich noch etwas zu ihr, bevor er sich anzog, bedankte für den heissen Abend, sich verabschiedete und nach Hause fuhr.

Nach diesem Erlebnis blieb man durch den Chat in Kontakt und tauschte sich noch gegenseitig aus, so gestand Mike ihr, dass es ihm sehr gefallen hat, was sie an hatte, er es aber mit Feinstrümpfen noch heisser finden würde, im Gegenzug beichtete ihm Birgit, dass sie es gelegentlich auch gern mit Frauen macht, dies war für Mike noch mehr Anreiz. Jedenfalls war man sich einig, dass so ein Treffen auf jeden Fall wiederholt werden sollte, doch aus irgend-welchen Gründen wurde der Kontakt nach und nach weniger, bis er ganz abriss.
Da war aber auch noch Uschi, mit dieser hatte Mike durchgehen Kontakt und meist schrieb er mit ihr parallel, während er sich mit Birgit unterhielt. Er war sich immer noch relativ sicher, dass er mit ihr keinen Sex haben wollte, daher verliefen alle Unterhaltungen mit ihr auf jugendfreiem Niveau, bis sie ihn eines Tages beim SMS'n zu sich nach Hause einlud.
Da Mike eigentlich kein wirkliches Interesse hatte, schrieb er ihr, dass er diese Einladung schon annehmen würde, aber nur, wenn sie ihn einzig mit einem langen Shirt, halterlosen Strümpfen und Stiefeln bekleidet empfängt., sollte sie mehr oder etwas anderes tragen, würde er an der Tür kehrt machen und wieder gehen.
Mike schrieb ihr das, in der Hoffnung sie würde es sich anders

überlegen und ihn wieder ausladen, da er zwar schon seinen eigenen Willen hatte, es ihm aber allgemein schwer fiel „Nein" zu sagen, was seine Mitmenschen betraf, Mike ist ein Typ, der es jedem in seinem Umfeld recht machen möchte.

Sein Plan schien aber nicht aufzugehen. Uschi antwortete, dass sie eigentlich nicht auf Sex aus wäre, vielmehr auf eine Freundschaft und das sie so etwas auch nicht machen würde, da es aber seine Bedingung wäre, sollte er sich einfach überraschen lassen. Mike's Neugierde war nun geweckt. Nach dem sie sich einig waren, an welchem Tag und um welche Uhrzeit sie sich treffen würden, teilte sie ihm ihre Adresse mit. Sie wohnte in der nächst größeren Stadt, von Bergdorf etwa 15km entfernt.

Er machte sich wie verabredet auf den Weg zu Uschi, einerseits etwas nervös, andererseits voller Neugier und Spannung, ob sie seiner Aufforderung nachkommen würde.

Als er zum vereinbarten Zeitpunkt bei ihr eintraf und sie die Tür öffnete, trug sie scheinbar wirklich das Geforderte. Ein sehr großes und langes, schwarzes Shirt, schwarze Leder-stiefel, die bis kurz unter das Knie reichten, dazu hatte sie schwarze Beinkleidung. Jedoch konnte man noch nicht erkennen ob Strümpfe oder Strumpfhose, da das Oberteil bis etwa zur Mitte der Oberschenkel reichte.

Mike betrat die Wohnung. Sie setzten sich zunächst ins Wohnzimmer auf die Couch, tranken ein Glas Wein und sprachen über die vergangen Tage. Uschi drehte sich etwas auf dem Sofa, um Mike eher frontal gegenüber zu sitzen, dabei ließ sie ein Bein am Boden stehen, das Andere legte sie abgewinkelt auf die Couch, hierbei rutschte ihr langes Shirt, wohl etwas absichtlich, nach oben und Mike konnte erkennen, dass sie, wie gefordert Halterlose trug, zusätzlich aber keinen Slip drunter hatte.

Da geschah in seinem Kopf etwas, als wie wenn sich ein Schalter umlegen würde, dachte er sich plötzlich, dass er sie ja ruhig einmal vögeln könnte, auch wenn sie optisch nicht sein Fall ist, aber so eine Dicke kann man ja mal versuchen, um auch diese Erfahrung zu machen, um unter anderem bei etwaigen Diskussionen über dick und dünn auch mitreden zu können, zusätzlich hatte er aber auch schon ein gewisses Verlangen nach fremder Möse.

Er beugte sich zu ihr und begann sie auf den Mund zu küssen, erst noch zurück haltend, dann aber intensiver, in Form von

Zungenküssen, danach zögerte er nicht lange, liebkoste sie an ihrem Hals, legte die Hand auf ihre Schulter und drückte sie sanft nach hinten, dass sie sich so auf dem Sofa auf den Rücken legte. Er kniete sich vor sie auf den Boden, schob ihr Shirt hoch, drückte die Beine auseinander und begann ihre komplett nackte Pussy zu lecken, nicht nur nackt, weil sie nichts an hatte, sondern auch befreit von jeglichen Haaren war. Er verwöhnte zunächst oral ihre äusseren Schamlippen, um sie somit richtig geil zu machen.

Am Rande bemerkt, war es enorm Vorteilhaft, dass sie da ganz flach lag, da kurz oberhalb ihrer Intimzone der Bauch begann, in Form einer mächtigen Kugel, vergleichbar mit einer Schwangeren im neunten Monat, nur das diese Kugel einiges schlaffer war.

Im Anschluss leckte er den inneren Bereich rund um ihr Loch, von wo er sich, mit der Zunge, zum Kitzler hinbewegte. Diesen verwöhnte er dann mit etwas Druck eine ganze Zeit lang, doch selbst nach gefühlten dreisig Minuten war noch kein Orgasmus spürbar, somit beendete er das orale Spiel, zog sie an den Beinen zu sich bis die Kante der Couch und ihre Pussy auf einer Linie waren, stand auf und entledigte sich seiner Hosen. Er kniete sich wieder vor Uschi auf den Boden und schob sein Glied in ihre Möse. Er bewegte sein Becken eine ganze Weile lang langsam vor und zurück, schob ihr Shirt bis über ihre Titten um diese gleichzeitig mit seinen Händen zu streicheln aber auch mal sanft zu kneten.

Für ihren Körperumfang hatte sie relativ kleine Brüste, dafür waren sie für ihr Alter noch ziemlich straff.

Nun wurden Mike's Bewegungen immer schneller und heftiger. Kurz vor seinem Orgasmus zog er seinen Schwanz heraus, da er kein Kondom übergezogen hatte und nicht wusste ob er in ihr kommen durfte, wichste ihn noch kurz und spritzte ihr über den Körper.

Uschi lächelte und meinte in einer humorvollen Art und Weise, dass das was er da auf ihr hinterlassen hätte eine ganz schöne Schweinerei wäre und fragte, ob es ihm denn gefallen hätte, was Mike ihr gegenüber bejate, obwohl es für ihn einfach nur Sex war und er auch keinen Bedarf auf ein erneutes Mal sah.

Danach stand sie auf, ging Küchenrolle holen, wischte sich das Sperma ab und bat Mike sich mit ihr noch etwas auf die Couch zu legen. Nach etwa zehn Minuten Arm in Arm liegen, kehrte sein Bewusstsein zur Normalität zurück, er fühlte sich erschrocken, von dem was er getan hatte und von ihrem Körper etwas angewidert, so dass er sich auf schnellstem Wege verabschiedete und fuhr.

Im Nachhinein betrachtet war der Sex jedoch, gar nicht so schlecht, wären da nicht ihre körperlichen Ausmaße.

In der folgen Zeit tat sich nicht viel, zu Birgit gab es immer noch keinen Kontakt und ein weiteres Treffen mit Uschi wollte Mike eigentlich vermeiden. Doch nach einiger Zeit hatte er wieder Verlangen nach einer anderen Vagina, als der, die er zu Hause hatte und da blieb ihm nur die Dicke. Er schrieb ihr und sie hatte auch tatsächlich Zeit, somit wurde ein weiteres Date vereinbart, Mike benötigte aber einen zusätzlichen Anreiz, um über die Fülle hinweg zu sehen, daher versuchte er sich etwas einfallen zu lassen, spontan kam ihm die Idee mit der Sektflasche, wovon er ihr gegenüber aber nichts erwähnte, er organisierte noch eine Miniflasche Prickelwasser, da Beide keine wirklichen Sekttrinker waren. Zusätzlich vereinbarte er noch mit Uschi, dass sie bei seinem Eintreffen bereits nackt im Bett liegen sollte, damit er aber in die Wohnung kam, ohne das sie aufstehen musste, daher wurde abgemacht, dass sie in die Haustüre ein Holzkeil legt, damit diese nicht zufällt und ihren Wohnungsschlüssel unter ihrem Fussabstreifer deponierte. Gesagt, getan.

Mike betrat die Wohnung, zog sich im Flur schon komplett aus und ging ins Schlafzimmer. Er setzte sich auf den Rand des Bettes, stellte dabei die Flasche unbemerkt am Boden ab und küsste sie zur Begrüßung. Diese Küsse wurden sofort inniger, während dessen fuhr Mike mit einer Hand unter die Bettdecke, streichte kurz über ihren Bauch und massierte dann ihre Brüste, die Nippel und zu guter letzt die äußeren Schamlippen. Als er merkte das sie feucht ist, schob er die Decke bei Seite, drehte sich um und kniete sich über sie, so dass man in der 69er Stellung endete, denn so hatte er ihre Wampe unter und nicht vor sich. Uschi zögerte nicht lange, liebkoste ihn sofort am Sack und unmittelbar danach hatte sie auch schon sein Schwanz im Mund. Gleichzeitig begann Mike sie intensiv zu lecken, in dem er ihre intimen Lippen auseinander zog, die Zungenspitze in ihr Loch steckte und dort etwas kreiste. Kurz danach griff er so unauffällig wie nur möglich zur Flasche, schraubte diese auf, verwöhnte nun oral ihren Kitzler, führte die Öffnung der Flasche in ihre Pussy ein, hob sie an, und goss ein bisschen in sie. Uschi unterbrach kurz das Blasen, fragte nach was das sei, befand es aber als geil und saugte weiter an seinem Penis. Nun schüttete Mike so viel ging in ihre Möse und ehe er sich versah war die ganze Flasche leer. Nun begann die Brause wieder langsam heraus zu fließen, er legte die Flasche bei Seite und versuchte so viel wie ging aus ihr heraus zu schlürfen, was ihm auch relativ gut gelang. Mit dieser Aktion hatte Uschi nicht gerechnet, aber es wirkte, sie war heiß und nass und Mike hatte sein Spielchen und nicht nur Sex mit einer Dicken. Der Rest des Aktes verlief nach Schema F.

Auch wenn Mike es nicht wahr haben wollte, fand er gefallen an den Spielchen mit Uschi und da es immer noch keinen Kontakt zu Birgit gab beschränkte er sich auf das Vorhandene. Das nächste Mal, als er mit seinem Kumpel auf ein Bier ging überlegte er sich schon im Vorfeld das nächste Szenario und während man bei einander saß nahm er per SMS Kontakt zu Uschi auf, dies war etwa einmal pro Monat der Fall.

Für das kommende Date kontaktierte er sie aber schon eine Woche im Voraus, denn er hatte die Idee sie rasieren zu wollen. Somit vereinbarte er mit ihr, dass sie sich ab sofort nicht mehr Intim die Haare entfernen durfte. Nach dem das nächste Bier getrunken war machte er sich wieder mal auf den Weg zu Uschi, gehorsam wie sie war, hatte sie Rasierschaum und Einwegrasierer vorbereitet. Er ging mit ihr ins Bad, zog ihr Hose und Slip aus, danach setzte sie sich Stirnseitig auf den Rand der Wanne, die Beine spreizte sie ähnlich wie beim Frauenarzt und legte sie links und rechts auf den Wannenrand. Mike kniete sich vor sie, massierte ihre Pussy zärtlich mit Schaum ein und begann sie behutsam aber gründlich zu rasieren. Ihm machte es richtig Spaß und die Erregung ließ ebenfalls nicht lange auf sich warten. Uschi hingegen hatte nicht wirklich gefallen daran, da sie zu viel Angst hatte, dass er sie schneiden würde, dennoch brachte es Mike ohne Verletzungen zu Ende. Im Anschluss wusch er sie noch brav, wobei er da schon begann sie mit seinen Fingern zu stimulieren, was ihr auch wieder Freude bereitete. Nach dem er sie noch abgetrocknet hatte, begaben sich die Beiden ins Bett, er leckte sie bis zum Orgasmus, danach fickte er sie in der Doggystellung noch richtig hart durch, bis er selbst zu seinem Höhepunkt kam, kurz davor zog er noch seinen Schwanz aus ihr heraus und spritzte Uschi über den Rücken und Po. Kurz darauf zog er sich an und fuhr nach Hause.

Zum nächsten Date wollte Mike eine Show, Uschi sollte ihren Vibrator bereit legen. Als er bei ihr eintraf setzen sich Beide auf das Sofa, er an den einen Rand, sie an den Anderen. Er bat sie sich auszuziehen, was sie auch sofort tat, um sich dann nackt und breitbeinig ihm gegenüber zu setzen. Nun gab ihr Mike die Anweisung, dass sie sich selbst mit Fingern und Vibrator zum Höhepunkt bringen sollte, auch dies begann sie ohne Umschweife in die Tat umzusetzen. Er genoss den Anblick und begann nach einer Weile, in der er nur zusah, auch an sich selbst Hand anzulegen, jedoch nur um zu fummeln und nicht um sich einen Orgasmus zu bescheren. Er betrachtete weiter das Schauspiel und fand es richtig geil, Uschi aus einem anderen Blickwinkel, als beim Lecken, kommen zu sehen. Danach wurde wie üblich gebumst.

Als eines der letzten Spiele der Beiden folgte ein Fesselspiel. Mike informierte Uschi wieder per SMS über sein Vorhaben und besprach mit ihr die Details. Da sie im Erdgeschoss wohnte, hatte er die Idee das Ganze als Rollenspiel zu verpacken, in dem er einen Einbrecher spielen würde. Somit wurde abgemacht, dass ihr Mike, wenn er das nächste Mal on Tour ist schreibt und sie, bevor sie ins Bett geht, die Terrassentür nur anlehnt. Er hingegen organisierte das Fesselmaterial, welches er vorsorglich in seinem Auto deponierte. Als es dann soweit war, er mit seinem Kumpel wieder mal auf ein Bier war, simste er Uschi kurz an, damit wusste sie Bescheid. Es war ein lauer Sommerabend, den die Jungs bis in die Nacht im Lokal an frischer Luft sitzend, sich gute unterhaltend genossen. Mike hatte keine Eile, da sie gern auch schon schlafen durfte. Kurz vor Mitternacht brach er dann auf, machte sich auf den Weg zu Uschi, parkte vor dem Haus, nahm die dünnen Seile und ein schwarzen Schal mit. An der Seite des Hauses betrat er ihren Garten durch ein Tor, ging darin um das Haus herum, um zu der offenen Türe zu gelangen. Sie hatte alle Rollos herunter gelassen, nur das Eine war oben. Mike zog seine Schuhe aus, drückte vorsichtig gegen die Türe und schlich in die Wohnung, er stand im Wohnzimmer, von dort aus bewegte er sich so leise wie möglich in Richtung Schlafzimmer. Da lag sie, zugedeckt und schien tatsächlich zu schlafen, zumindest den Geräuschen zu urteilen. Ihr Bett war etwa zwei Meter breit, trotzdem lag sie ganz am Rand zur Türe hin.
Mike kniete sich auf den Boden, hob die Bettdecke etwas an und band ihren Fuß am Holzrahmen des Bettes fest, dabei wachte Uschi leider auf. Als Einbrecher, den er spielte, reagierte er blitzschnell, sprang auf und verband mit dem Schal ihre Augen, und fesselte ihre Hände provisorisch an den Rahmen. Nun widmete er sich dem

anderen Bein, welches er so weit auf die andere Seite von dem Bett rückte, dass sie mit gespreizten Beinen darin lag, nun machte er Dieses mit einem längeren Seil am gegen-überliegenden Rahmen fest.

Leider spielte Uschi nicht wirklich mit, denn sie ließ alles mit sich machen und versuchte sich nicht im geringsten zu wehren.

Mike ließ sich aber nicht aufhalten, öffnete noch mal die Fessel der Hände, um ihr das T-Shirt, welches sie trug, über den Kopf auszuziehen, darunter war sie nackt, nicht mal ein Slip, geil. Nun band er die Hände analog zu den Beinen, jeweils auf einer Seite der Schlaflandschaft fest. Sie war ihm jetzt komplett ausgeliefert und er überlegte, was er nun mit ihr anstellt, da er soweit nicht geplant hatte.

Er öffnete ihre Nachttischschublade, in der sich tatsächlich zwei Vibratoren und ein Dildo befanden. Er nahm zunächst das kleinste Gerät, setzte auf Höhe ihrer Muschi auf den Bettrand, fuhr ein paar mal langsam und gefühlvoll, mit seiner Handfläche darüber, um sie etwas zu stimulieren, als er merkte, dass sie feucht wird führte er den Vibrator ein und begann Uschi damit etwas zu verwöhnen, er schaltete ihn an und schob ihn vorsichtig rein und raus.

Nach ein paar Minuten zog Mike das Spielzeug ganz heraus, welches mittlerweile von ihrem Saft richtig flutschig war, genug um ihn ihr Anal einzuführen. Dann nahm er sich den nächst Größeren und schob diesen, in noch ausgeschaltetem Zustand, in ihre Pussy, solange bis sie sich an das doppelte Vergnügen gewöhnt hatte, um anschließend auch das zweite Spielzeug anzumachen.

Sie begann lustvoll zu stöhnen.

Mike positionierte sich zwischen in liegender Weise zwischen ihren Beinen mit seinem Kopf exakt vor Uschi's Vagina, stützte sich mit den Ellbogen ab und verwöhnte sie mit beiden Geräten, in dem er das Eine bis Anschlag ein-schob, während er gleichzeitig das Andere fast komplett heraus zog. Dies machte er nun im Wechsel einige Zeit, dabei wurde ihr Gestöhne ein bisschen lauter und intensiver.

Zeit führ ihn, damit zu beginnen, ihren Kitzler oral mit seiner Zungenspitze abwechselnd in kreisenden und auf - ab Bewegungen zu stimulieren. Alle drei Sachen machte er so lange, bis sie ihren Orgasmus erreichte. Er entfernte die Vibratoren und bumste sie, in gefesseltem Zustand vaginal, bis auch Mike abspritzte.

Danach befreite er Uschi aus ihrer Lage, nahm ihr auch die Augenbinde ab, packte sein Zeug, verabschiedete sich, verließ die

Wohnung durch die Türe und fuhr nach Hause.

Von nun an waren die Begegnungen der Beiden sehr eingeschränkt in der Häufigkeit, als auch in der Dauer. Dies hatte zwei Gründe, zum Einen hatte sich Birgit wieder gemeldet, dazu gleich mehr, zum Anderen fehlte ihm die Zeit und die Lust sich mit Uschi abzugeben, denn Mike hatte zu dieser Zeit beruflich viel um die Ohren, auch weil er nebenbei noch eine Fortbildung machte, die aber zu-gleich der einzige Grund war, dass sich die Beiden über-haupt noch sahen, denn der Heimweg führte ihn mehr oder weniger bei Uschi vorbei. Hatte Mike also das Verlangen, dass er nach der Schulung noch bumsen will, so schrieb er ihr per SMS, dass er nach der Schulung noch auf einen Quicky vorbei schauen würde und sie außer einem Shirt nichts anhaben bräuchte. Meistens willigte sie ein. Diese Treffen liefen dann so ab, dass er bei ihr die Wohnung betrat, man sich, sofort nach dem Schließen der Türe, zur Begrüßung einige Male von flüchtig bis innig küsste, während dessen fummelte Mike schon immer in ihrem Schritt, das Shirt ließ er ihr grundsätzlich an, um ihre Massen nicht direkt zu sehen, dann drehte er sie um, beugte sie nach vorne, dabei stützte sie sich auf der Kommode, welche im Flur stand, ab, so dass er Uschi im stehen von hinten ficken konnte. Als Alternative wählte man das Schlafzimmer, dies war in der Wohnung gleich der erste Raum, und er vögelte sie in der Missionarsstellung. Beide Varianten gingen nur so lange, bis Mike spritzte, dann zog er sich wieder an und fuhr nach Hause.

Nun aber wie versprochen wieder zu Birgit. Eines Tages erhielt Mike am späten Nachmittag eine SMS von ihr, in dem sie ihm schrieb, dass sie ein Sommerkleid shoppen war und schickte ihm drei Fotos aus der Umkleidekabine in verschiedenen Kleidern mit der Frage für welches sie sich wohl entschieden habe. Mike wusste zunächst gar nichts, da es richtig sexy Kleider waren, mit Spagettiträgern, groß-zügigem Ausschnitt und sehr kurz. Nach dem er sich die Fotos genug angesehen hatte, schrieb er ihr als Antwort, dass er keine Ahnung habe, da sie in allen blendend aus-sieht. Diese Antwort hatte wohl Wirkung, denn als nächstes lud sie ihn auch schon zu sich ein, damit er sich live ein Bild von dem gekauften machen konnte. Dies kam Mike fast wie gerufen, da er für den Abend am folgenden Tag bereits mit seinem Kumpel verabredet war, er aber nicht wirklich eine Frau für ein „Date" parat hatte, außer Uschi. So nahm er diese Einladung also an mit dem Vorschlag das er morgen Abend so gegen 23Uhr bei ihr sei. Birgit freute sich über seine schnelle Zusage und verabschiedete sich bis dahin.

Dann war es soweit.

Mike betrat die Wohnung von Birgit, zur Begrüßung gab es einen leidenschaftlich Kuss, sie bat ihn ins Wohnzimmer auf die Couch. Mike setzte sich während Birgit stehen blieb und bemerkte, dass sie nun schnell ins Bad gehen werde um das ausgewählte Kleid anzuziehen.

Sie kam zurück und es war ein sexy Anblick, sie hatte sich für ein weisses Kleid entschieden, ganz schlicht ohne Schnörkel, aber figurbetont geschnitten, ziemlich kurz und dadurch ziemlich heiß. Sie blieb etwa zwei Meter vor ihm stehen und dreht sich langsam herum. Mike sah dabei genauer hin und stellte fest, dass sie keinen BH drunter hatte.

Zugegeben ein gewöhnlicher BH würde unter solch einem Kleid sowieso doof aussehen, es hätte schon ein besonderer mit durchsichtigen bzw. ohne Träger sein müssen, doch als sie leicht schräg stand konnte man sehen wie sich auf dem Stoff ganz leicht ihre Nippel abzeichneten, aber definitiv kein Cup durchdrückte.

Nach einer kompletten Drehung fragte sie Mike nach seiner Meinung, der ihr entgegnete, dass sie eine Top Wahl getroffen hatte. Sie grinste, drehte Mike den Rücken zu und bemerkte während dessen, dass sie sich wieder umziehen ginge. Unmittelbar vor dem Sofa blieb sie stehen, um etwas vom Boden aufzuheben, wohl auch nicht ganz unabsichtlich, denn sie bückte lediglich ihren Oberkörper nach unten, dabei rutschte das Kleid bis zur Hälfte über ihre Pobacken hoch, Mike hatte dabei beste Sicht und konnte feststellen, dass sie nicht mal ein Höschen darunter hatte.

Eine solche „Einladung" konnte und wollte er sich nicht entgehen lassen, stand auf, ging zu ihr, sie bückte noch vor dem anderen Teil der l-förmigen Couch, hielt sie an der Hüfte und drückte sie sanft auf das Sofa, zeitgleich kniete er sich auf den Boden und begann den Teil des Po's, der frei war, mit Küssen zu bedecken.

Darauf hin bemerkte Birgit kurz und trocken, dass sie sich das Umziehen wohl sparen kann, drehte ihren Kopf zur Seite, schloss die Augen und fing an zu genießen.

Mike küsste die Rückseite ihrer Schenkel und ließ die Küsse anschließend nach oben wandern, über die Pobacken und den gesamten Rücken bis er im Nacken ankam, dabei schob er ihr das Kleid immer wieder ein Stückchen hoch, bis er es ihr letztendlich über den Kopf abstreifte.

Er drehte sie um, die beiden küssten sich leidenschaftlich, Birgit lag nun mit dem Rücken auf dem Sofa, die Beine gespreizt und abgewinkelt auf dem Boden stehen.

Mike kniete sich zwischen ihre Beine, liebkoste ihre Brüste und machte sich mit seinen Küssen auf den Rückweg nach unten, über ihren flachen Bauch, bis er ganz knapp vor ihren Schamlippen stoppte. Er verlagerte die Liebkosungen an die Innenseiten ihrer Oberschenkel und den Übergang von Bein zu Schambein. Birgit begann leise aber tief zu stöhnen und selbst an ihren Titten zu spielen.

Mike küsste sie unmittelbar oberhalb ihres Kitzler, gleich-zeitig kreise er mit der Spitze seines Zeigefingers um den Eingang ihrer Lusthöhle, dabei bemerkte er, dass sie bereits überaus feucht war. Daraufhin begann er ohne umschweife direkte ihren Kitzler mit der Zungenspitze zu verwöhnen und ließ zwei Finger in sie gleiten. All zu lange musste er sie nicht fingern und lecken, bis sie laut, in kurz folgenden Abständen, aufstöhnte, sich ihre Pussy zusammen zog und ihre Beine zu zittern begonnen. Für Mike das Zeichen, dass sie gerade einen richtig geilen Orgasmus erlebte.

Er stand auf, bat sie sich umzudrehen, zog während dessen seine Hose aus und sich einen Gummi, über seinen mittlerweile richtig harten Schwanz über. Birgit kniete nun ebenfalls vor dem Sofa, legte ihren Oberkörper flach darauf und spreizte wieder leicht die Beine. Mike kniete sich hinter sie und schob ihr sein Penis in ihre Möse. Er bumste sie abwechselnd mit harten, schnellen und sanften, langsamen Stößen, bis auch er seinen Höhepunkt erlebte.

Beide legten sich danach auf die Couch und kuschelten noch etwas, ehe Mike nach Hause aufbrach.

In der folgenden Zeit riss der Kontakt zwar nicht mehr ab, dennoch waren Treffen eher unregelmäßig und selten, trotzdem schafften sie es immer hin auf drei weitere Verabredungen, bei denen die Beiden aber immer geilen Sex hatten, mal ausgedehnt und länger, mal eine kürzere Variante. Kurz bevor man sich mal wieder treffen wollte, kam von Birgit eine SMS, dass es mit Dates nichts mehr wird, da sie wieder in festen Händen sei. Für Mike war dies eigentlich nebensächlich, daher akzeptierte er dies ohne weiteren Kommentar, zu dem war ja er sowieso in einer Beziehung.

Nach einigen Wochen trafen sich die Beiden zufällig im Chat und schrieben dort ein bisschen miteinander über eigentlich belanglose Dinge. Nebenbei jedoch erwähnte Birgit, dass sie letztens in einem Swingerclub war und es ihr ganz gut gefallen hatte. Hier war Mike wieder bei der Sache, er wollte mehr wissen, wie sie dazu kam, wo, seine Neugierde war geweckt.

Birgit's Antwort jedoch war nicht gerade ausführlich und aufschlussreich, sie meinte nur, dass dies zu viel zum schreiben wäre und wenn er so neugierig ist kann er sie ja jederzeit besuchen kommen. Mike wusste nun nicht woran er war, wollte sie ihn anlocken um mit ihrem Freund und ihm einen geilen Abend zu haben, oder wollte sie sich wirklich ganz normal mit Mike unterhalten. Deshalb fragte er nach, was denn mit ihrem Freund sei. Ihre Antwort war für eine Frau doch eher selten, aber sie gefiel ihm, denn es gab keinen festen Freund mehr in ihrem Leben, sie hatten festgestellt, dass der Sex gut ist, aber eine Beziehung nicht funktioniert, unter anderem da er knapp über zweihundert Kilometer entfernt wohnte und somit einigten sie sich, dass jeder wieder tun kann was er will und wenn sie Lust aufeinander haben würden sie sich zu einem Fickwochenende verabreden. Für Mike perfekt, er hatte seine Beziehung, Birgit hatte etwas offenes und die zwei konnten sich nach wie vor treffen.

Mike nahm die Einladung an, verabredete sich mit ihr und organisierte dann noch einen Abend mit seinem Kumpel um zu Hause weg zu kommen, soweit hatte Alles reibungslos funktioniert. Diesmal war es aber trotzdem irgendwie anders. Als er sich von seinem Kumpel verabschiedete, der in Alles eingeweiht war und über jede Frau bescheid wusste, und sich auf den Weg zu Birgit machte, hatte Mike gar kein so großes Verlangen nach Sex. Vielmehr war er auf ihre Erzählungen gespannt, irgendwie fand er den Gedanken geil, dass sie in Clubs geht, Mike nicht der einzige sexuelle Kontakt war, sondern sie es wohl doch ziemlich bunt trieb, irgendwie aber war er auch ein wenig enttäuscht, dass er nicht einer von Zwei sondern von Vielen ist.

Bei Birgit angekommen gab es zuerst wieder einen Kuss, danach setzte er sich wie üblich auf das Sofa, sie sich neben ihn und lehnte sich an ihm an, ungewohnt, diese Situation hatte die Beiden noch nie. Er legte seinen Arm um ihre Schulter und sie begann ihm grob zu erzählen, dass sie in der Zeit mit ihrem Ex einiges versucht hatte. Zum Einen hatte sie festgestellt, dass sie devot veranlagt war, es sie erregt sich zu unterwerfen und es ihr einen zusätzlichen Kick verschafft, wenn man sie direkt beim Akt würgt.

Dies war weniger Mike's Sache von solchen Dingen die womöglich an die Gesundheit gingen nahm er immer großen Abstand.

Zum Anderen besuchte sie mit ihm ab und an mal einen Club, da sie es ziemlich geil fand sich hin und wieder mit einer Frau zu beschäftigen, aber von einer Männerrunde durchgevögelt zu werden machte sie auch sehr an. Und da sich Mike so lange nicht mehr bei ihr gemeldet hatte, habe sie hier auch schon einen Club besucht, von dem sie aber, aufgrund der eher unattraktiven Männer, eher enttäuscht war.

Dies nahm Mike gemischt auf, einerseits erregte ihn diese Erzählung, andererseits kränkte sie in etwas.

Danach wollte er noch eine rauchen und dann nach Hause fahren, doch während sie auf dem Balkon standen ergriff Birgit die Initiative, griff ihm in den Schritt und meinte dabei, wenn er denn schon mal da sei könnten sie doch auch noch bumsen, geil und feucht wäre sie schon. Da konnte Mike nicht widerstehen und man begab sich wieder zur Couch, auf der es ziemlich zügig zur Sache ging.

Diesmal jedoch leckte er sie nur kurz an, um sie dann in der Missionarsstellung zu ficken. Während der Stöße sah in Birgit an und bat ihn, es zu versuchen, sie zu würgen.

Er war wenig begeistert davon, doch aus irgendeinem Grund mochte er sie mittlerweile ganz gern und um ihr einen Gefallen zu tun versuchte er es. Dabei stützte er sich auf seinen Ellbogen links und rechts von ihr ab, legte die Hände um ihren Hals und drückte vorsichtig zu, gleich-zeitig vögelte er sie weiter. Kurz darauf meinte sie, dass er ruhig fester zudrücken kann, sie würde sich schon melden, wenn es ihr zuviel wird, Mike erhöhte den Druck, doch ziemlich bald danach sagte sie ihm, dass er das nicht kann und es wohl daran liegt, da er an so was kein Interesse hat. Er beendete das Würgen, bumste sie noch bis er quer über ihren Körper abspritzte, die Beiden zogen sich an, verabschiedeten sich und Mike fuhr.

In der folgenden Zeit machte er sich ungewöhnlich viele Gedanken über Birgit.

In einem Chat fragte er vorsichtig nach, wenn er eine Frau finden würde, die Interesse an einem Dreier hätte, ob er Diese dann mitbringen dürfe. Birgit's Antwort war zögerlich, dass sie ihm Gefallen erfüllen würde, wenn ihr die Frau auch gefällt. Mike jedoch fand nicht mal im Ansatz eine, die dafür bereit gewesen wäre.

Viele seiner Überlegungen gingen aber auch in die Richtung, warum er sich über Birgit so den Kopf zerbrach, wohl weil er mittlerweile das Ein oder Andere Gefühl für sie entwickelt hatte und ob er sich nicht doch für ihre Vorliebe des Würgen und der Unterwerfung begeistern könne.

Beim nächsten Date versuchte er es daher wieder ihr während dem Sex die Atemluft zu nehmen, in dem er seine Hände um ihren Hals drückte, doch auch dieses Mal gelang es ihm nicht wirklich. Das ist einfach nicht sein Ding. Gut das Birgit das nicht als schlimm empfand, so stand weiteren Treffen nichts im Weg. Viele wurden es aber nicht mehr, denn Birgit gestand Mike, mehr für ihn zu empfinden, als nur die Lust auf Sex und warf ihm indirekt vor, dass er das nie bemerkt hatte. Er verteidigte sich mit dem Argument, dass dies auch nicht all zu einfach sei, so wie sie ihr Leben lebt und ihm von ihren Männerrunden berichtet. Da fällt es ihm wohl verständlicher Weise schwer, Zeichen der Zuneigung zu filtern.

Nach einer wenig erfolgreichen Diskussion teilte sie ihm einige Tage später per SMS mit, wie enttäuscht sie von Mike ist, dass er ihre Liebe zu ihm nicht verstanden hatte. Ab da wurde es Mike zu blöd und er brach den Kontakt ab, kurz darauf zog sie auch zu dem Typen, der sie unterwerfen konnte.

Bis zum heutigen Tag hörten und lasen die Beiden nicht mehr voneinander.

Die Ex des Kumpels

Mike war seit langer Zeit mal wieder mit einem Kumpel, Werner S., auf Achse, in seiner ehemaligen Stammdisco. Der Abend begann sehr locker und man war gut gelaunt. Einige Zeit später tauchte die Ex seines Freundes auf, die zwei Jahre jünger als Mike ist, die Beiden waren schon fast zwei Jahre getrennt und Mike begegnete einem alten Schulkameraden. Die Nacht wurde richtig lustig, alle lachten viel und bis auf Mike, der noch fahren musste, tranken auch alle ordentlich Alkohol. Werner machte für seine Verhältnisse allerdings ungewöhnlich früh schlapp und ließ sich vom Taxi nach Hause fahren. Mike jedoch wollte den Abend genießen und blieb noch, dabei unterhielt er sich ausgezeichnet mit seinem Schulfreund, Anton, und der Ex von Werner, Laura, der er oft auch mal einen eindeutigen zweideutigen Kommentar hinknallte, was Laura aber wenig störte, denn sie war ein Typ Frau der darauf gerne ebenso antwortete, erst recht wenn sie schon angetrunken war, was den Abend noch ausgelassener und lustiger machte. Das Gespräch mit Laura wurde aber immer intimer und phasenweise auch ernster, irgendwann rutschte Mike dann heraus, wenn sie so weitermachen würde, nimmt er sie heute mit nach Hause um sie zu vernaschen. Kaum ausgesprochen, antwortete Laura darauf mit der Aussage, dass er das ruhig machen könnte, da er sich wohl sowieso nicht traut. War dies nun Spaß, der Alkohol der aus ihr Sprach, oder eine Aufforderung. Mike wusste das nicht einzuordnen und versuchte diesen Kommentar wieder zu vergessen. Gegen 3Uhr wollte er sich verabschieden, wurde dabei aber von Anton gefragt, ob er ihn mitnehmen kann, da beide, zu der Zeit, im selben Ort wohnten, Laura bekam das mit und fragte ebenfalls, ob Mike ihr das Taxi ersetzen würde, da sie direkt auf seinem Heimweg, nur ein paar Kilometer vorher wohnte. Für Mike war das selbstverständlich, das er die Beiden mitnahm, es waren ja schließlich Freunde und Umweg musste er auch keinen fahren.
Als alle im Auto saßen, viel ihm wieder Laura's Aussage ein, er dachte die ersten Kilometer noch darüber nach und entschied sich dann, da Anton ja nicht wusste wo Laura wohnt und er sich somit, bei einem zufälligen aufeinandertreffen mit Valeria, nicht verplappern konnte, das er zuerst ihn nach Hause fährt, um ihr damit eine Reaktion zu entlocken. Gedacht getan.
Mike fuhr an Laura's Wohnort vorbei, in das Dorf, in dem er und

Anton lebten, dabei beobachtete er sie im Rück-spiegel und stellte dabei fest, dass sie schon einen richtig fragenden Gesichtsausdruck aufgelegt hatte, ließ sich von Anton den Weg erklären und lieferte diesen ab. Von dort aus war es nun ein Kilometer bis zu Mike, oder 4 Kilometer bis zu Laura. Er fuhr los, bog um die nächste Ecke und blieb wieder stehen. Sie sah ihn an und fragte nach dem Grund, warum er zuerst Anton nach Hause brachte. Darauf hin erklärte ihr Mike, dass er ihr die Entscheidung überlassen will, ob sie nach Hause möchte, oder ob er ihr beweisen darf, dass er mutig genug ist, um sie mit zu sich zu nehmen um sie zu vögeln. Spontan und ohne langes zögern sagte sie: „Na dann zu Dir, mal sehn wie mutig Du bist."

Bei Mike angekommen, nahm Laura schon mal auf der Couch platz, während er sich noch um Getränke kümmerte, bevor er sich zu ihr setzte.

Die übliche, vorausgehende Unterhaltung viel in dieser Situation aus, er sah sie an, sie lächelte charmant und schon küsste er sie leidenschaftlich, aber noch zurückhaltend, trotzdem bemerkte er dabei ihr Zungenpiercing. Nach diesem ersten Zungenkuss, der sich ziemlich in die Länge zog, meinte Laura relativ trocken, dass er wirklich Mut hätte, doch sie würde noch interessieren, ob er auch mutig genug ist, um sie zu poppen. So ein Angebot kann sich Mike natürlich nicht entgehen lassen. Er küsste sie um-gehend wieder auf den Mund, mit einer Hand streichelte er zärtlich ihren Oberschenkel, zunächst noch die Oberseite, bald aber fast nur noch die Innenseite bis knapp vor ihren Schritt. Mit der anderen Hand strich er ihr sanft über ihre Backe und den Hals, den er bei dieser Gelegenheit von ihren langen, braunen Haaren befreite, in dem er diese auf die andere Seite striff. Dies hatte zur Folge, dass er seine Küsse langsam auf ihren Hals wandern lassen konnte. Diesen liebkoste er einige Zeit, zwischendurch knabberte er zur Abwechslung und zum weitern geil machen, ganz behutsam am unteren Ende ihres Ohrläppchens, bis er ein leises stöhnen vernahm. Darauf hin unterbrach er das Küssen, nahm den unteren Rand ihres Oberteil in die Hände und zog es ihr nach oben über den Kopf aus.

Mike betrachtete sie kurz, wie sie da in ihrem BH vor ihm saß, es war ein heisser Anblick, obwohl sie ein klein wenig mollig war, hatte sie einen tollen, straffen Körper und dementsprechend Brüste dazu, die Körbchengröße musste bestimmt C oder sogar D gewesen sein.

Dann küsste er sie weiter auf Mund, Hals und ließ diese Liebkosungen auch bis an ihr Dekoltè wandern, während sich eine Hand wieder an ihren Schenkeln einfand und die andere ganz ungeniert den Verschluss ihres BH's öffnete. Danach drückte er leicht gegen ihre Schultern, so das sie mit dem Oberkörper nach hinten ging, wobei Mike allerdings die Träger des BH festhielt, durch dies streckte sie die Arme nach vorne und Mike konnte ihr auch dieses Stück Stoff abstreifen.

Nun lag sie, der länge nach auf dem Sofa, in einem ihrer Nippel blitzte ein weiteres Piercing. Mike dachte in diesem Moment kurz daran, dass dies was da passiert, nicht wirklich gut ist, zum Einen weil es ja schließlich die Ex von Werner ist und zum Anderen da es schon wieder mal in der gemeinsamen Wohnung von ihm und Valeria passiert, was er ja eigentlich dauerhaft vermeiden wollte, doch die Atmosphäre war zu aufgeheizt und zu geil, um hier halt zu machen.

Er liebkoste Laura am Hals, ließ die Küsse zu der Brüst mit dem Piercing wandern, während er die andere Titte mit seiner Hand verwöhnte, in dem sie mal mit der kompletten Hand leicht knetete, aber auch zärtlich mit einem bis zwei Fingern um den Nippel kreiste, um dann sanft darüber zu streichen. Zwischendurch allerdings kam es auch vor, dass er den Nippel zwischen seine Finger klemmte und ihn etwas zusammendrückte, um ihn im Anschluss etwas in die Länge zu ziehen, während er gleichzeitig ein bisschen und vorsichtig mit Zunge, Lippen und Zähnen an dem gepiercten Nippel spielte.

Nun wollte Mike aber mehr, er wollte alles, er wollte sie ganz. Also ließ er seine Liebkosungen weiter nach unten wandern, sie hatte ein kleines Bäuchlein, welches aber nicht störte und auch relativ straff war, dies er ebenfalls mit Küssen bedeckte und dabei gleichzeitig ihre Hose öffnete. Danach zog Laura Mike erst mal zu sich hoch, um ihm sein Shirt abzustreifen und somit für nackte Gerechtigkeit zu sorgen. Direkt im Anschluss machte er sich wieder küssend auf den Weg nach unten, nahm ihre Jeans in die Hände, schob diese etwas nach unten, stand auf, zog an den Enden der Hosenbeine an und ihr diese somit aus. Darunter befand sich ein schwarzer, schlichter String mit ein paar durch-sichtigen Stellen. Er nahm eins ihrer Beine, hob es an und begann etwa auf Höhe des Knöchels mit Liebkosungen, welche er langsam, über das gesamt Bein nach oben wandern ließ, bis er an ihrem Slip angekommen war, den er ihr vorerst noch an ließ. Mike begann Laura entlang am Rand des Höschens, welches durch ein kleines Dreieck nur den intimsten Bereich verbarg, zärtlich zu küssen und streichelte dabei die Innenseiten ihrer Schenkel.

Sie ließ sich fallen, legte ihren Kopf zurück, schloss die Augen und begann dieses Spiel vollstens zu genießen.

Die Zeit war gekommen, das letzte Stück Stoff zu entfernen. Mike kniete sich auf, fasste den String an den zwei hauchdünnen Schnüren, die geschmeidig an ihren Hüften lagen, und zog ihr den Slip langsam aus.

Es war schon irgendwie geil, wie sie da splitterfasernackt vor ihm auf dem Sofa lag.

Er legte sich zwischen ihre Bein, die sie mittlerweile angewinkelt aufgestellt hatte. Da entdeckte er, dass Laura nicht nur komplett, bis auf das letzte Härchen, rasiert war, sondern auch hier blitzte kurz oberhalb des Kitzlers ein kleines, silbernes Piercing hervor. Mike war richtig erstaunt, so hatte er sie niemals eingeschätzt, aber zu gleich heizte ihn das zusätzlich an und die Freude darüber diese Erfahrung machen zu dürfen war groß. Ihre Schamlippen waren schön geformt, noch relativ knackig und straff, sie luden förmlich dazu ein geleckt zu werden und genau dies tat er nun.

Er begann aussen, links und rechts, sie oral zu verwöhnen, fuhr mit der Zungenspitze, an den Lippen entlang in Richtung des Kitzler und streifte dabei die obere Kugel des Piercing.

Laura's Atem wurde lauter, füllte sich mit Geilheit und wandelte sich langsam in ein Stöhnen, somit wusste Mike, dass er das Richtige tat.

Nun leckte er zärtlich die Innenseiten der äußeren Schamlippen, hoch und runter, ließ die Zunge allerdings immer mehr in die Mitte rutschen, bis er letztendlich an ihrem Loch angekommen war, welches er auch gleich ein erstes und kurzes Mal ausleckte. Sie schmeckte sehr neutral mit einem Schuss Süße. Er wanderte nach oben und begann ihren Kitzler, mit sanften, kreisförmigen Bewegungen, oral zu verwöhnen, aber so, dass er dabei immer wieder ihr Piercing berührte.

Ihr Stöhnen wurde immer intensiver und lauter, also machte Mike genau so weiter, nur das er zusätzlich ihr einen Finger hinein schob, mit dem er versuchte ihre G-Punkt zu finden, um sie noch intensiver zu reizen. Die gelang ihm offenbar auch, da Laura begann sich an der Couch festzukrallen und ihr Becken anhob, damit Mike mit seiner Zunge noch mehr Druck ausüben konnte. Dies zog er solange durch bis sie ihren Höhepunkt erreicht hatte.

Doch kaum, dass sie diesen erlebt hatte, ergriff sie die Initiative, setzte sich auf, drückte Mike nach hinten, öffnete seine Hose und setzte ihren Mund kurz oberhalb seiner Gürtellinie an, um ihn dort zu küssen, dies machte sie jedoch nur zwei oder drei Mal, danach schob sie ihm die Jeans inklusive Short runter, streifte sie ihm über die Füße ab. Nun kam sie mit ihrem Kopf, zu der Position von eben zurück, nur ein wenig tiefer und nahm Mike's Penis, der während er Laura verwöhnte, schon richtig hart wurde, in ihren Mund auf. Sie umkreiste mit ihrer Zungenspitze seine Eichel, streichelte dabei sein Sack und den Schaft seines Schwanze's. Kurz darauf änderte sie dieses Vorgehen, presste ihre Lippen zusammen und bewegte ihren Kopf hoch und runter, diese Bewegungen unterstütze sie durch ihre Hand, welche sich eng um sein Glied schlang und ihrem Mund in wichsenden Bewegungen folgte.

Mike genoss dies sehr, das er Laura gegenüber mit intensivem Stöhnen signalisierte, musste sich dabei aber enorm konzentrieren, um nicht schon gleich zu kommen. All zu lange hielt er dies aber nicht durch, also nahm er ihren Kopf zwischen beide Hände und hob diesen an, so das sie das Blasen beenden musste. Er wollte nicht jetzt schon sein Orgasmus haben, er wollte sie bumsen.

Es kam zu einer Pause, in der sich die Beiden sanft bis wild küssten. Mike hatte nun das Gefühl, das wieder ginge, holte noch schnell ein Kondom aus dem Schlafzimmer, welches er sich gleich auf dem Rückweg überstreifte, um sofort „Einsatz-bereit" zu sein. Laura lag auf dem Rücken, sah ihm zu und konnte es kaum noch erwarten, bis es richtig weiter ging. Als er sich dem Sofa näherte, spreizte sie schon ihre Beine, so dass er leichtes Spiel hatte. Er legte sich dazwischen und ob sein kleiner Freund schon wusste wo er hin musste, schob er sich ohne Hilfe der Hand in ihre Pussy. Mike's Stöße waren zunächst langsam und sanft, wurden aber relativ schnell und hart sie umklammerte dabei seinen Rücken, um jede einzelne Bewegung noch intensiver mit zu erleben. Er wollte nun endlich seine Höhepunkt, doch auf ein Mal ging das nicht mehr, der Schwanz war immer noch hart, Mike immer noch geil, doch irgendwas in ihm blockierte, dies kam aber zum perfekten Zeitpunkt, dachte er sich, denn so könne er sie längern vögeln.

Er powerte sich durch die Stöße voll aus, bis er zu schwitzen begann und keine Puste mehr hatte. Jetzt zog er den Penis heraus, legte sich selbst auf den Rücken, dies war für Laura das klare Zeichen, dass sie ihn reiten soll, dies tat sie auch, ohne langes Zögern.

Sie machte das richtig gut, nicht zu schnell, aber auch nicht zu langsam und dadurch, dass sie an Bauch, Po und Schenkel kleine Reserven hatte, tat es Mike auch nicht weh, wenn sie mit ihrem Arsch auf sein Becken traf. Dies ging noch eine Weile so, ehe er merkte, seinem Orgasmus nahe zu sein und ging, entgegengesetzt zu Laura's Bewegungen, mit seinem Becken hoch und runter, damit dieses ficken quasi verdoppelt wurde. Es waren so nur noch Sekunden, bis sich der Gummi mit Mike's Sperma füllte.

Danach ließ sich Laura nach vorne kippen, küsste Mike leidenschaftlich und lange, während sie sich dabei in seine Arme schmiegte. Die beiden harten so noch einen Moment aus, dann stand Mike auf, entsorgte das Kondom und die Zwei gingen auf den Balkon für die Zigarette danach, dabei sah Mike auf die Uhr und es war tatsächlich schon halb sechs Uhr morgens. Er war erstaunt von sich selbst, so einen langen Akt, mit nur einem Orgasmus, hatte er noch nie. Wenn dann kam er meist relativ schnell, machte dann Pause, und hatte dann weiter Sex.

Nun zogen sich Laura und Mike an, und wie versprochen, brachte er sie nach Hause und fuhr selbst auch sofort wieder zurück. Zu Hause angekommen war es wieder da, dieses schlechte Gewissen, er ging aber sofort ins Bett, wo er auch gleich, durch diesen langen Tag, einschlief und somit sein Gewissen verdrängte.

Am nächsten Nachmittag schon, schrieb ihm Laura per SMS, sie wollte wissen, wann sich die Beiden wieder sehen, Mike wollte eigentlich gar nicht, doch dann dachte er sich, noch mal so bumsen ist sicher nicht falsch und machte mit ihr was aus. Daraus wurde aber nichts, denn bei Mike konnten sie sich nicht treffen, im freien wollte Laura nicht, bei ihr zu Hause waren sie nicht alleine und selbst in ihrem Zimmer, sie wohnte noch bei ihren Eltern, wollte sie es nicht riskieren, da ihre Tür nicht um absperren ging und das Haus sehr hellhörig war. Trotzdem traf man sich noch ein paar Mal, man hatte „normalen" Spaß wie unter guten Freunden, gelegentlich kuschelte und schmuste man, bis Mike herausfand, dass ihr Vater ein Arbeitskollege seines Bruder ist, kurz darauf ließ er den Kontakt versanden, da ihm die ganze Sache in Bezug auf Valeria zu heiß wurde. Ausserdem machte Laura Mike, ziemlich gegen Ende ihrer „Affäre", durch die Blume unmissverständlich klar, dass er sich von Valeria trennen und mit ihr eine Beziehung ein-gehen soll. Dies war

für ihn jedoch absolut kein Thema. Darauf hin warf sie ihm noch ein paar Tage per SMS Dinge vor, wie zum Beispiel, dass das was er hat keine Beziehung ist, er feig sei sich zu trennen und das er sowieso nur für sich selbst Gefühle hat. Damit war auch das für Mike erledigt, der Kontakt zu Laura beendet und für ihn Ge-schichte.
Er hatte die Nase voll, kümmerte sich nicht mehr um andere, sondern lediglich um Valeria und ihre Beziehung, hatte keine Lust auf ONS oder irgendwelchen Affären, dies ging tatsächlich auch mal gut, zumindest zunächst.

Kapitel VIII - Die Neue

Es vergingen ein paar Monate, ohne jegliche Zwischenfälle, es war Herbst / Winter, Mike war mittlerweile neunundzwanzig und zu dieser Zeit viel am arbeiten. Da geschah es. Er entdeckte eine Kundin, zunächst fiel sie ihm durch ihre Ausstrahlung auf, ein bisschen aber auch aufgrund ihrer bezaubernden Optik. Sie hatte lange, brünette Haare mit blonden Strähnen, die sie meist offen und leicht gewellt trug. Mit geschätzten 1,70m war sie auch relativ groß, im Vergleich zu den Frauen, mit denen er bisher zu tun hatte, dazu eine tolle Figur, soweit man dies durch die dickere Kleidung erkennen konnte und ein sehr weiches Gesicht mit tollen Augen. Mike vermutete, dass sie etwa achtzehn bis zwanzig Jahre jung war, tatsächlich war sie zu diesem Zeitpunkt wirklich noch zwanzig Jahre jung, wie Mike später heraus fand. Anfangs war dies nur ein hinterschauen, wenn sie den Laden betrat, doch je öfter er sie sah, desto reizvoller wurde sie, wohl auch weil er sich mit einem Kollegen gegenseitig hoch schaukelte wer sie wann sah. Für Mike war dies zu diesem Zeitpunkt jedoch nicht von all zu großer Bedeutung, da er sich eigentlich voll und ganz auf seine Beziehung konzentrieren wollte, bis sein Kollege eines Tages mit ihrem Namen um die Ecke kam, den er beim kassieren von ihrer EC-Karte abgelesen hatte. Dies konnte Mike nicht auf sich sitzen lassen, dass ein Grünschnabel, der zwölf Jahre jünger war als er, einen Schritt näher an ihr dran war. Er war gefordert und nahm sich als Ziel, zumindest auf ein Kaffee mit ihr zu gehen, um seinem Kollegen eins auszuwischen, daher nahm er sich vor sie beim nächsten Mal anzusprechen. Daraus wurde jedoch nichts, da er sie länger nicht mehr sah, als er dann aber eines Tages eher Feierabend hatte, stand sie auf dem Parkplatz direkt neben seinem Auto und Mike witterte seine Chance, doch als er näher kam, sah er, dass sie telefonierte und eine ziemlich ernste Mine auf hatte. Er setzte sich also in sein Auto und fuhr nach Hause, aber nicht ohne zu über-legen, wie er Kontakt aufnehmen könnte. Da kam ihm die Idee, sie in einem damals sehr aktuellen und bekannten sozialen Netzwerk zu suchen, denn ihren kompletten Namen wusste er ja, sie hieß mit Vornamen übrigens Jessica, und er hatte Glück, er fand sie tatsächlich. Ohne zu zögern schrieb er sie höflichst an, mit der Bitte um Kontakt und Antwort. Es vergingen einige Wochen, ohne jegliche Reaktion, nicht mal mehr im Laden sah er sie und er hakte das Ganze schon fast ab, auch da sie ja schon noch etwas jung war, den Mike stand vor seinem neunundzwanzigsten Geburtstag, die Beiden trennten also acht Jahre, doch dann, es war mittlerweile Februar des folgenden Jahres, da kam eine Antwort von Jessi. Was er da lesen durfte klang etwas merkwürdig, er dachte an eine Verarsche, oder dass sie ihn mit seinem Kollegen verwechselt, denn sie schrieb, dass es sie sehr freuen würde, dass ausgerechnet er ihr schreibt und wenn sie gewusst hätte, dass er sie kennen lernen wollte, hätte sie ihn schon längst mal im Laden angesprochen. Mike fragte nach, ob sie ihn auf seinem Foto schon richtig erkennen würde und ob das ihr ernst sei, doch scheinbar meinte sie das wirklich so. Die Beiden schrieben über Tage hin und her, bis er sich traute und sie auf einen Kaffee einlud. Sie antwortet ihm, dass sie diese Einladung gerne annehmen würde, sie aber umgezogen ist, in eine Großstadt, etwa sechshundert Kilometer von Mike entfernt, wenn dann müsse er sie schon besuchen kommen.

Er war sprachlos, einerseits das sie so weit weg wohnte, andererseits, dass sie ihn zu sich einlud. Er überlegte etwas und nahm die Einladung an. Nun musste er nur noch einen Grund finden, um von zu Hause weg zu kommen, da fiel ich einer seiner Kumpel ein, der Verwandtschaft in dieser Stadt hatte und es funktionierte. Er fuhr mit und lieferte Mike somit ein Alibi. Bis zur geplanten Reise war aber noch einige Zeit hin und Mike überlegte, wie er Jessi überraschen konnte, da kam ihm spontan die Idee von Blumen. Er suchte im Internet bei einem großen Versanddienst für Blumen einen hübschen Strauß aus, erfragte Jessi's Adresse und ließ ihr die Blumen schicken.

Diesmal war sie sprachlos, vor Freude.

Dann war endlich der Tag im April gekommen, ein Freitag. Mike musste noch bis Mittag arbeiten und so wurde es 15Uhr, bis er und sein Kumpel los fuhren. Unterwegs hielt er Jessi per SMS up to date, wann er denn ungefähr ankommen würde, einige Zeit später erfuhr er von ihr, dass sie dachte er würde sie nur hinhalten und gar nicht auftauchen, da es Verkehrsbedingt etwa 22Uhr wurde bis sie in der Großstadt ankamen und dann musste Mike ja noch seinen alten Schulfreund bei dessen Bruder abliefern und so kam er selbst erst um 23Uhr bei Jessi an.

Etwas nervös klingelte er, sie öffnete ihm die Tür, Mike hatte Blumen und Champagner im Gepäck, da stand sie wieder sprachlos, hübsch und schüchtern. Laut SMS wollte sie ihm um den Hals fallen und leidenschaftlich Küssen, was sie sich dann aber wohl doch nicht traute, somit wurde eine Umarmung daraus, die aber auch sehr angenehm war. Dann saßen sich die Beiden in ihre Küche und erzählten sich viel, bzw. Mike redete fast die ganze Zeit, zum Einen um seine Nervosität zu überspielen, zum Anderen war Jessi zu schüchtern.

Da sie am Samstag ausnahmsweise arbeiten musste gingen sie kurz nach 1Uhr zu Bett. Mike wollte zunächst auf der Couch schlafen, vor allem da die Beiden sich im Vorfeld einig waren sich nicht wegen Sex zu treffen, doch Jessi bat ihn ins Bett, ihr Gast sollte nicht auf dem Sofa schlafen müssen. Sie trug einen netten Schlafanzug und er T-Shirt und Boxershort. Da lagen sie nun, brav nebeneinander, bis sie plötzlich Mut genug hatte und Mike zu küssen begann, sie drehte sich und legte sich auf ihn, küsste ihn weiter und nach relativ kurzer Zeit machte sie sich selbst nackig, erst zog sie ihr Oberteil aus, ihre Brüste hatten die perfekte Größe, geschätzt 90C, danach zog sie sogar ihr Hose aus, sie hatte einen hauchdünnen Streifen an ihrer Pussy rasiert, dann legte sie sich wieder auf Mike, der immer noch seine Sachen an hatte, aber von diesem Anblick sehr erregt, doch auch schon einen ziemlich harten Schwanz in der Hose.

Jessi sah und spürte das und während sie Mike küsste, begann sie ihre Muschi an seinem Penis in leichten, kreisenden Bewegungen, durch die Short durch zu reiben. Er streichelte gleichzeitig ihren Rücken auf und ab und konzentrierte sich auf alles Andere, um nur nicht schon zu kommen. Nach circa einer halben Stunde erlebte sie spürbar und hörbar ihren Höhepunkt. Mike war erstaunt, so kam noch keine Frau bei ihm, aber ob, er freute sich für sie und das er nun auch zum Zuge kommen würde, doch ehe er noch den Versuch unternehmen konnte kuschelte sie schon in seinem Arm und schlief ein. Ihm fiel das Einschlafen auf Grund seiner Erregung etwas schwerer, doch es gelang ihm nach der langen Autofahrt, dann relativ schnell.

Am nächsten Tag war Mike am Vormittag alleine, er nutzte diese Zeit um auszuschlafen, sich mit seinem Handy zu beschäftigen, zu duschen und Valeria eine beruhigende SMS zu schreiben. Mittags kam Jessica zurück, die Beiden tranken zunächst Kaffee und da es ein sehr schöner Frühlingstag war gingen sie im Anschluss spazieren, shoppen und in ein Eiscafe. Am Abend zurück in Jessica's Wohnung machten sie es sich mit Pizza und Rotwein gemütlich. Nach dem Abendessen verging nicht viel Zeit, als ihnen der gestrige

Abend in den Sinn kam, beide geil wurden und über einander herfielen. Diesmal war der Sex jedoch komplett anders, leidenschaftlicher, ausführlicher und auch nicht so einseitig. Dies begann schon beim Vorspiel, es gab sehr viele innige Zungenküsse, sie küssten sich gegenseitig liebevoll am Hals, die Kleidung blieb dabei noch an, aber Jeder streichelte den Anderen, wo es ihm gerade einfiel. Zärtlich durch die Haare, gefühlvoll über die Backe, langsam über den Rücken und auch erotisierend an den Oberschenkel, insbesondere an deren Innenseiten.

Nach diesem Start, der sich mit Sicherheit über eine Stunde hinzog, stand man von der Couch auf und begab sich vom Wohn- in das Schlafzimmer, auf dem Weg dorthin begannen sie sich gegenseitig zu entblättern und als man am Bett ankam, hatte Jeder nur noch die Unterwäsche am Körper. Jessi lag auf dem Rücken, Mike kniete sich neben ihr auf das Bett, beugte seinen Oberkörper nach untern und küsste sie abermals am Hals, doch nun ließ er seine Liebkosungen abwärts wandern, streifte ihr zunächst den Einen BH-Träger ab dann den Anderen, fuhr mit einer Hand vorsichtig unter ihren Rücken und öffnete gekonnt den Häkchenverschluss, ließ seine Küsse weiter abwärts gleiten, über ihren flachen Bauch, mittlerweile kniete er zwischen ihren Beinen, nahm den String links und rechts in die Hand und zog diesen nach unten weg. Da lag sie nun, nackt, geil und ein heisser Anblick. Mike konnte nicht anders, er hatte keine Geduld mehr, er musste sie jetzt sofort lecken, sie schmecken und sie so richtig oral verwöhnen. Er zögerte keinen Moment länger, setzte mit den Küssen direkt an den Innenseiten ihrer Schenkel an um diese auf direktem Weg an ihr Lustzentrum wandern zu lassen. Ganz behutsam aber trotzdem unaufhaltsam vor Geilheit verwöhnte er mit seiner Zunge ihren Kitzler, die Schamlippen und den vorderen Teil des Eingangs, dabei spürte er wie feucht sie war, man konnte schon fast „nass" sagen, dies fand er zusätzlich sehr erregend, zu dem schmeckte ihre junge Pussy und ihr Saft richtig angenehm, hatte einen leicht süßlichen Nebengeschmack, diesmal ließ er jedoch seine Finger aus dem Spiel, diesen Genuss wollte er ausschließlich oral und auch Jessi so zu ihrem Höhepunkt führen. Und es gelang ihm, nach einiger Zeit stöhnte sie leise und schüchtern, aber auch glücklich über den spürbaren Orgasmus und bekam dieses typische Zittern in den Beinen, zog ihr Becken leicht nach hinten, um den Kitzler von der Zunge zu trennen, streckte ihre Hände zur Seite, die sich kurz davor noch in Mike's Haaren einkrallten und merkte flüsternd an wie geil das gerade war.

Doch es ging weiter, ohne Unterbrechung.

Mike zog sich schnell ein Kondom über sein Penis und legte sich zunächst auf Jessi und bumste sie in der Missionarsstellung, doch obwohl er richtig heiß war, konnte er nicht so wirklich kommen, dies störte ihn aber auch nicht, denn so hatte er länger was vom Sex, der richtig gut war.

Ihre Pussy war nicht ganz so eng, wie er das bei einer jungen Frau in ihrem Alter erwartete, trotzdem war genug Reibung vorhanden, so dass sein Schwanz ausführlich stimuliert wurde, erst recht nach ihrem Orgasmus, wodurch sich ihr Eingang verengte.

Mike wollte mehr, er zog sein Glied vorsichtig heraus, legte sich neben Jessi und gab ihr durch Gesten zu verstehen, dass sie ihn reiten sollte, was sie auch gerne tat. Allein für den Anblick war es dieser Stellungswechsel schon wert, er sah wie sein Penis immer wieder in ihre Muschi eintauchte, eng aber geschmeidig von ihren Schamlippen umschlungen, schaute er nach oben, dann sah er ein sehr hübsches Gesicht, welches einen genussvollen Ausdruck hatte und etwas darunter waren ihre wohlgeformten, großen Brüste mit mittlerweile richtig harten Nippeln. Aber auch in dieser Stellung gelang es ihm nicht seinen Höhepunkt zu erleben, obwohl er sich bestimmt fünfzehn Minuten richtig von ihr durchvögeln ließ. Jetzt wollte er wissen, er drückte seine Hüfte nach oben, so dass sein hartes Glied weiter als üblich heraus kam, legte kurz Hand an und zog ihn komplett heraus. Sie sah ihn fragend an, da nahm er seine Hände und brachte sie mit bisschen drücken in die richtige Position für die Doggystellung, als sie aber wusste was er vor hatte, gab sie diesem Druck gerne nach. Mike kniete sich hinter Jessi und drang erneut in ihre Nasse Lustgrotte ein. Es war sehr geil, unter anderem auch zu sehen und zu hören wie sein Becken gegen ihren knackigen Arsch prallte, es war sogar so erregend für ihn, dass er in dieser Stellung nur wenige harte Stöße benötigte um endlich in die Tüte zu spritzen. Solchen ausgiebigen und zugleich heissen Sex hatte Mike eigentlich noch nie und wenn war es schon so lange her, dass er sich nicht mehr erinnern konnte. Daher und weil er am nächsten Tag leider schon wieder die Heimreise antreten musste, wurde in dieser Nacht noch ein weiteres Mal richtig ausgelassen gefickt.

Am nächsten Morgen genossen die Beiden noch ein gemeinsames Frühstück, mit leicht angebrannten Semmeln, hatten nochmals, wenn auch einfachen, trotzdem aber leidenschaftlichen Sex, bevor sie sich von einander verabschiedeten, wobei Mike sogar die Tränen kamen, was er bisher so noch gar nicht kannte. Er holte seinen Kumpel ab und man machte sich auf den Weg nach Hause, auf dem Mike die ersten hundert Kilometer von seinen Gefühlen hin und her gerissen war. Er wusste nicht wie er diese Gefühle einordnen sollte, zum Anderen hatte er ja Valeria, die er eigentlich nicht verlassen, sondern mit ihr eine sichere gemeinsame Zukunft verbringen wollte. Doch irgendwie hatte es ihm Jessi sehr angetan.

Er und Jessica blieben in der folgenden Zeit per SMS, Chat und dann sogar auch über Videotelefonie, um sich auch sehen zu können, in Kontakt.

Mike zermarterte sich seinen Kopf, er überlegte hin und her, als sich ein paar Wochen später die ganze Situation noch zuspitzte und Jessi ihm ankündigte, dass sie ihren Urlaub bei einer Freundin, ganz in Mike's Nähe verbringen würde. Einerseits freute er sich sehr, anderseits machte dies das Ganze nicht gerade leichter.

Als Jessi dann hier war, er noch mit Valeria liiert war und die Beiden auch noch gemeinsam unter einem Dach wohnten, war es nicht gerade einfach treffen zu vereinbaren und erst recht nicht, wenn sie ungestört sein wollten, da sie ja weder zu Mike noch zu ihrer Freundin konnten, daher verbrachte man einen Großteil der Zeit an öffentlichen Orten oder in Mike's Auto, wodurch sich aber auch ein nächstes, unvergessliches Erlebnis ereignete.

Wie sollte es auch anders sein, Mike und Jessi waren auch geil auf einander, man fuhr also durch die Gegend bis er ein Plätzchen in einem kleinen Wald entdeckte, da es von der Straße nicht einsehbar und spät Abends an dieser wenig befahrenen Straße sowieso nichts los war, eignete es sich optimal um hier das Auto zu parken. Die beiden stiegen aus und nahmen auf der Rücksitzbank platz, da diese mehr Raum bot und man sich auch enger aneinander schmiegen konnte. Man begann sich innig und leidenschaftlich zu küssen und kurz drauf befummelten sie sich gegenseitig. Dieses Mal war Jessi nicht so zurückhaltend, als wie bei ihrem ersten Wochenende, sie wusste was sie wollte und dementsprechend ergriff sie auch die Initiative, so kam es, dass Mike sehr schnell unten ohne im Auto saß, sie beugte ihren Oberkörper nach unten und begann seinen Penis oral zu verwöhnen. Er war schon ziemlich erregt, dazu kam, dass Jessi wirklich richtig gut blasen konnte und so dauerte es nicht lange, bis Mike seinem Höhepunkt immer näher kam. Dies versuchte er ihr auch zu signalisieren, zunächst mit Gesten, in dem er sein Becken, so weit es ging, in den Sitz presste, dann mit Lauten, in dem er immer tiefer, länger und lauter stöhnte und zu guter letzt sagte er es ihr auch noch, dass wenn sie so weiter macht, er gleich kommt.

Das Alles half aber nichts, es schien als wäre Jessi voll in ihrem Element und sie saugte weiter genüsslich an seinem Schwanz. So kam es wie es kommen musste und Mike erlebte einen seiner, bis dort hin, heftigsten Orgasmen und spritzte ihr eine dicke Ladung in den Mund. Sie blieb noch etwas nach unten gebückt, er lehnte sich zurück und genoss mit geschlossenen Augen den Moment, zog sie dann aber zu sich hoch, er wollte sie küssen, ihr zeigen wie geil er es fand. Sie gab seinem leichten aber bestimmten ziehen nach und kam in seine Richtung, kurz bevor sie ihn küsste fragte sie allerdings noch nach, ob ihn das nicht störe, dass sie ihm gerade einen geblasen und sein Sperma im Mund hatte, was Mike jedoch verneinte, das war ihm völlig egal. Nach den ersten Küssen legte Jessi ihren Kopf auf seine Schulter und flüsterte ihm ins Ohr, dass dies das erste Mal für sie war, dass sie Sperma geschluckt und nicht gespuckt hatte, wie bisher. Im ersten Moment wusste Mike mit dieser Aussage nichts anzufangen, im Nachhinein fühlte er sich dann aber doch sehr geschmeichelt. Die Beiden blieben noch eine Zeit kuschelnd hinten sitzen, ehe Mike sie zu ihrer Freundin brachte und im Anschluss selbst nach Hause fuhr.

In den folgenden Tagen hatte man nicht wirklich viel Sex, eher gar keinen, man beschränkte sich vielmehr auf Zärtlichkeiten, wie küssen, oder kuscheln, was meist irgendwo im Auto statt fand. Dies ging sogar so weit, Mike musste nach der ersten Woche ihres Urlaubs wieder arbeiten, dass sie ihn jeden Tag in der Früh, auf dem Parkplatz seiner Arbeitsstätte besuchte, um ihn ein paar Mal zu küssen und um ihm einen schönen Tag zu wünschen.

Nach drei Wochen fuhr sie dann wieder nach Hause und Mike wusste, dass er was unternehmen muss.

Nach ein paar Tagen Bedenkzeit, Sicherheit von Jessi zu holen, dass sie mehr als das Erlebte will und um Mut zu sammeln beichtete er bei Valeria. Es war eine keine leichte Trennung, was nach so langer, gemeinsamer Zeit auch verständlich ist, aber nun hatte Mike eine riesen Last weniger zu tragen und er konnte sich auf neue Dinge konzentrieren. Er zog zunächst wieder zu Hause ein, organisierte sich ein Notebook mit W-LAN und integrierter Webcam, somit konnte er den visuellen Kontakt zu Jessica aufrecht erhalten. Sie trafen sich jeden Abend online, außer Mike machte mal einen mit seinen Kumpels drauf, dann traf man sich aber meist noch im Anschluss. Diese Methode war gut, um diese Fernbeziehung näher zu gestallten. Meist plauderte man über den Tag, doch mit der Zeit kamen die Beiden auch auf andere Ideen.

Eines Samstag Abend, es wurde der längste Videochat überhaupt, der etwa gegen 21Uhr begann und um halb sechs endete. Zunächst unterhielten sie sich noch, doch je später der Abend wurde, desto geiler wurden die Zwei auf einander und so beschlossen sie, doch einfach mal Cam-Sex zu versuchen. Es startete relativ harmlos, denn da es lang-sam Sommer wurde, waren die Nächte auch schon wärmer, daher zog Mike einfach mal sein Shirt aus und setzte sich oben Ohne vor die Linse.

Dies tat er aber auch nur deshalb so leicht und selbst-bewusst, da er mittlerweile einiges an Kilos abgespeckt hatte, er war zwar noch nicht schlank, aber der Bauch war schon ein gutes Stück kleiner. Davon inspiriert zog auch Jessi ihr Oberteil aus. Es dauerte nicht lange, da saß jeder für sich, nackt vor seiner Cam. Es war ein komisches, dennoch auch schönes Gefühl, den Anderen, der so weit weg war, so intim zu sehen, dadurch wurde das ganze vertrauter und näher, man konnte schon fast meinen, dass man sich im selben Raum gegenüber saß. All zu lange blieben die Beiden jedoch nicht einfach nur sitzen, sie wollten eigentlich richtigen Sex miteinander, doch da das ja nicht ging, machten sie es sich auf ihren Betten bequem, sie begannen sich selbst zu streicheln, jeder dort und so wie er es am liebsten hatte. Zuerst fand dies noch relativ harmlos am Oberkörper statt, obwohl Jessi schon auf sehr erotische, aufgeilende Art ihre Nippel streichelte und die Brüste massierte.

Mike beobachtete sie dabei so gut es ging, zum Einen weil er das Ganze extrem heiß fand, zum Anderen wollte er lernen bzw. herausfinden, auf welche Art er an ihrem Körper welche Stelle berühren musste um sie zu erregen, denn sie selbst wusste ja schließlich am Besten, was ihr gefällt, nur darüber reden ist oft schwer und in Worten nicht annähernd so genau zu beschreiben, deshalb kam dieser Anschauungsunterricht wie gerufen.

Schon kurz danach glitt Jessi's Hand weiter nach unten, sie streichelte sanft mit den Fingerspitzen ihre Oberschenkel, insbesondere deren Innenseiten.

Mike wurde nun richtig geil und sein Schwanz sehr hart, am liebsten hätte er sich sofort und so schnell es ging Einen gewichst, doch dann wäre dieses Schauspiel wohl beendet gewesen, daher berührte er sich nur um seinen Penis herum und vermied es ihn zu berühren. Während dessen fuhr sie mit zwei Fingern schon an ihren Schamlippen entlang, dabei hatte er bestes Blickfeld, denn sie lag mit gespreizten vor der Linse, die genau auf ihre geile Möse gerichtet war. Für Jessica war dies wohl mindestens genau so erregend wie für Mike, denn schon kurz darauf verschwand ihr Mittelfinger in ihrer Pussy, wobei er schon förmlich hören konnte wie nass sie war. Kurz darauf schob sie einen zweiten Finger hinter her, diese bewegte sie einige Male so tief es ging hinein und zog sie dann wieder fast komplett heraus, bis beide richtig schön voll mit Muschisaft waren. Nun kamen beide ganz raus und Jessi begann damit ihren Kitzler zu massieren, zunächst in kleinen, kreisenden Bewegungen, mit zunehmender Erregung wechselten diese jedoch nach hoch und runter. Gleichzeitig massierte sie wieder ihre Titten, man konnte schon fast sagen, dass sie diese knetete, ganz langsam und doch behutsam.

Wie gern wäre Mike jetzt bei ihr gewesen, dann hätte er ihr die feuchte Spalte ausgeleckt und ihr dann sein hartes Glied hinein gestoßen. Doch so musste, vielmehr durfte er mit ansehen, wie geil es sich Frau im wirklichen Leben selbst macht, absolut kein Vergleich zu den ganzen Pronos, die er in seinem Leben, bis zum jetzigen Zeitpunkt, gesehen hatte.

Derweil wurde ihr Stöhnen immer länger und lauter, ihr Becken hob sich in immer kürzeren Abständen, Mike konnte hören, sehen und fast schon spüren, dass sie nicht mehr weit vom Orgasmus entfernt war. Er legte schnell an seinem Penis Hand an, rubbelte hoch und runter, dabei konnte er im Augenwinkel noch sehen, dass auch Ihre Finger immer schneller über den Kitzler fuhren und dann war es auch schon so weit. Sie kam mit einem heftigen Aufschrei, drückte die Beine zusammen und atmete tief aus. Nur Sekunden danach kam auch von Mike langes, erleichterndes Stöhnen, er hatte seinen Höhepunkt, dabei drückte er die Vorhaut über der Eichel zusammen, um somit die ganze Soße aufzufangen, was ihm auch relativ gut gelang. Sie blieben noch ein bisschen liegen, lächelten sich über den Bildschirm an und erholten sich dabei von dieser Session, dann stand Mike auf und ging sich sauber machen. Als er zurück kam, saß er sich wieder vor die Cam, nur mit Boxershort bekleidet, auch Jessi trug nur einen String und so plauderten sie noch bis in den Morgen.

Angetan von diesem Erlebnis wurde Mike bewusst, dass er Jessica sehr bald wieder live sehen musste, wobei er nicht nur nach richtig heissem Sex, sondern eher auch nach ihr und ihrer Nähe Sehnsucht hatte. Da Jessi zu dieser kein eigenes Auto besaß, erst Freitag's Nachmittag aufbrechen konnte und sich das nicht wirklich lohnen würde, kaufte er ihr einfach ein Flugticket, über das sie sich sehr freute. Er konnte es kaum erwarten, bis sie die Reise antrat, er sie am Flughafen abholen und endlich wieder in die Arme schließen konnte. Die Wiedersehensfreude war riesig. Bis auf wenige kleine Momente verbrachten die Beiden ganze Wochenende im Bett, mit viel kuscheln, schmusen und immer wieder geilem Sex, in den verschiedensten Varianten, zwischendurch. Der Abschied war weniger erfreulich, doch spätestens ab diesem Zeitpunkt wussten sie, dass da Mehr ist, dass sie zusammen gehören.

Zwei Monate später beschloss Mike, wieder ein verlängertes Wochenende bei ihr zu verbringen, da er sich in der Arbeit ein bisschen Zeit freischaufeln konnte. Er setzte sich Freitag's Früh in sein Auto und fuhr los. Dieses Mal kam er auch nicht so spät an, als bei seinem ersten Besuch, am frühen Nachmittag bereits traf er bei Jessi ein.
An diesem Wochenende hatte Jessica glücklicherweise mehr Zeit, diese verbrachte man aber trotzdem zu weiten Teilen in Zweisamkeit, dabei trug sich ein weiteres geiles Erlebnis zu.
Es war früher Nachmittag, die Beiden legten gerade eine Pause ein, machten sich frisch, tranken und aßen etwas, als Mike ins Schlafzimmer zurück kam, stand Jessi gerade am offenen Fenster, ihre Wohnung befand sich im ersten Stock, sie war nur mit einem T-Shirt bekleidet und streckte ihren heissen Knackpo ein Stück heraus. Allein dieser Anblick erregte Mike so sehr, dass sich in seiner Short prompt etwas regte. Er ging in ihre Richtung, auf dem Weg dort hin entledigte er sich bereits seiner Boxer, bei ihr angekommen, war sein Penis schon wieder richtig hart, er umarmte sie von hinten und rieb dabei seinen Schwanz bisschen an ihren Pobacken. Sie spürte seine Geilheit, was sie ebenfalls schon wieder auf Touren brachte. Er griff mit einer Hand nach unten in ihren Schritt und fummelte etwas im Bereich rings um den Kitzler. Kurz darauf löste er die Umarmung etwas, zog mit beiden Händen den Po etwas auseinander und drang mit seinem Glied in ihre Pussy ein. Sie stütze sich dabei mit ihren Ellbogen auf dem Fensterbrett ab, um ihm ihr Hinterteil noch ein

bisschen weiter entgegen strecken zu können, somit hatte Mike es leichter sie zu bumsen und konnte auch tiefer eindringen. Mit seiner linken Hand griff er ebenfalls an die Fensterbank, während er mit der rechten um sie fasste und mit dem Mittelfinger begann ihren Kitzler sanft zu massieren, gleichzeitig vögelte er sie von hinten mit langsamen zärtlich Stößen.

Das unten auf dem Gehweg Leute vorbei gingen, störte die Beiden weniger, im Gegenteil irgendwie machte sie das zusätzlich heiß, der Gedanke, dass es für die, die hoch sahen relativ eindeutig aussah, aber trotzdem keine zu hundert Prozent wusste, ob sie nun wirklich ficken oder nicht. Auch das Stöhnen unterbanden sie größten Teils, um nicht direkt ihre Aktion preis zu geben und selbst das Unterdrücken der sexuellen Laute erregte sie zusätzlich.

Mike's Bewegungen, die mit dem Finger, als auch die mit seinem Becken, wurden etwas schneller und er näherte sich zügig seinem Höhepunkt, doch wollte er das Jessi vor ihm kam, also lenkte er seinen Blick nach unten, um etwas Ablenkung zu finden, was auch ganz gut gelang. Er erhöhte den Druck auf ihren Kitzler noch mal und es zeigte Wirkung, kurz darauf erlebte Jessica einen weiteren Orgasmus an diesem Wochenende, dabei entkam ihr auch ein etwas lauteres Stöhnen, welches offenbar auch noch gehört wurde, denn ein Mann, der schon ein paar Meter entfernt war, drehte sich um und blickte nach oben, doch in diesem Moment war das den Beiden so richtig egal. Beflügelt davon und in Gewissheit, dass sie bereits gekommen war, stieß er nun immer schneller und heftiger zu. So dauerte es nicht mehr lange, bis auch Mike an seinen Höhepunkte kam, doch da er diesmal kein Kondom übergezogen hatte, dies lag auch an diesem heissen Anblick, dass er das komplett vergaß, zog er kurz davor sein Schwanz heraus, wichste ihn noch zwei mal und spritzte so richtig ab, die ganze Soße zielgerichtet über ihre Arschbacken. Selbst dies war ein geil anzusehen wie sein Sperma anschließend lang-sam über ihren Po nach unten rutschte.

Leider war aber auch dieses Wochenende viel zu schnell vorbei.

Nachdem Mike wieder zu Hause war, blieb man wieder über Videotelefonie in Kontakt. Einige Wochen später hatte Jessica hierbei eine erfreuliche Nachricht für ihn. Sie hatte sich entschieden wieder in seine Nähe zu ziehen. Mike freute das, denn somit mussten die Beiden keine Fernbeziehung mehr führen.

Er war ihr mit der Wohnungssuche behilflich, sie zog in einen Ort etwa fünfzehn Kilometer von Mike entfernt, von dem aus sie jedoch ihr alte neue Arbeitsstelle besser erreichen konnte. Da er aber mobil war störte ihn das nicht wirklich. Er half ihr beim Auspacken des Umzugswaagen als sie ankam und verbrachte auch sofort die erste Nacht bei ihr. Es war ein schönes Gefühl endlich wieder jemanden in seiner Nähe zu haben, mit dem man sein Leben teilen kann.

Allerdings ließen sie es ruhig angehen, man hockte nicht sofort aufeinander, sondern gab sich gegenseitig Freiräume, Mike war normalerweise nur jeden zweiten Tag bei Jessica. Diese Zeit nutzten sie jedoch so gut es ging und auch so „versaut" es ging.

Es verging kein Besuch ohne Sex, man vögelte sich durch die ganze Wohnung, mal als Quicky, mal ausführlich und intensiv, sei es auf der Couch im Wohnzimmer, ganz „normal" im Bett, aber er verwöhnte sie auch auf dem Esstisch, oder der Arbeitsplatte der Küche. Die letzten beiden Orte baten enorme Vorteile.

Auf der Arbeitsplatte konnte er sie vaginal bumsen, ohne das er sich hinknien oder beugen musste, denn sie hatte die „perfekte" Höhe, so dass er beim Akt gerade stehen konnte. Der Esstisch besaß den Vorteil, dass sich Mike auf einen Stuhl setzen konnte, seinen Oberkörper nur leicht nach vorne beugen musste und schon hatte er die optimale Höhe und Position um Jessi ausgiebig zu lecken. Am Wochen-ende wenn die Beiden mehr Zeit hatten, kam auch des Öfteren vor, dass sie die ganze Nacht, mehrmals hinter-einander ausführlichen Sex hatten.

In dieser Zeit trugen sich aber auch noch vier Ereignisse zu, welche das zukünftige Sexleben der Beiden nachhaltig beeinflussten.

Diese waren:

1.

Da es Spätsommer war gab es auch noch den ein oder anderen warmen Tag und lauen Abend, aus diesem Grund befand sich auch noch Eis in Jessi's Gefrierfach. Die Beiden waren mal wieder mit sich beschäftigt, da sie gerade einen ihrer Orgasmen hinter sich hatten, überbrückten sie die Zeit bis zum nächsten Sex mit kuscheln und schmusen. Mike wollte das Ganze etwas anheizen und holte zunächst Eiswürfel, diese lies er zunächst über Jessica's Körper von oben nach unten gleiten. Begonnen am Mund, über Kinn und Hals, an ihren Brüsten samt den harten Nippeln vorbei, einerseits vor Geilheit, anderseits vor Kälte, weiter über den Bauch bis in ihr Intimdreieck, wo sie dann komplett schmolzen. Nach ein paar Eiswürfeln, die ja auch nur nach Wasser schmeckten, kam Mike die Idee mit dem Speiseeis, er ging in die Küche und holte es, samt einer Tube Honig. Mit dem Eis, es war Vanillegeschmack, zeichnete er als Erstes eine Spur, ebenfalls an der selben Linie wie mit den Eiswürfeln, diese garnierte er zusätzlich mit einer hauch-dünnen Linie aus Honig, kniete sich neben sie und leckte diese Spur von oben nach unten weg. Als er dabei bemerkte, dass Jessi's Kitzler wieder bereit und nicht mehr überempfindlich auf Grund des Orgasmus war, bestrich er mit dem Eis nur noch ihre Vagina, ebenfalls mit Honig on Top. Zu diesem Zeitpunkt lag er bereits wieder zwischen ihren Schenkel und leckte das Eis um so genüsslicher und langsamer auf, es war ein besonderer aber zugleich guter Geschmack, das Eis mit Honig vermischt mit dem Geschmack ihrer Möse und durch das langsame, intensive auflecken bescherte er ihr den nächsten Höhepunkt. Anschließend kehrte Jessi den Spieß um und verwöhnte auf die selbe Art und Weise Mike.

Mittlerweile sind die Beiden von „sauerei" Spielen mit Lebensmittel abgekommen, da zum Einen der richtig heisse Sommer fehlt, zum Anderen nehmen sie aktuell lieber Gleitgel, mit dem Alles so richtig flutschig wird. Aus der Erfahrung mit dem Eis, welches das Bettlaken doch auch verschmutzte, haben sie sich für die Spiele mit den Gleit-mitteln, welche ja auch ölhaltig sind, ein Laken aus einem Latex-Vinyl-Gemisch zugelegt. Zu Beginn ist es relativ kalt, aber der Vorteil bei der Reinigung, egal mit was man spielt, ist enorm.

2.

An einem Wochenende kurz nach ihrem Umzug blieb mal wieder Zeit für ein ausgedehntes Sexspiel. Dabei begann Jessica Mike auch mal wieder oral zu verwöhnen. Er genoss dies damals sehr, da er diese Erlebnis bei seinen vorherigen Gespielinnen relativ selten hatte, zumal Jessi wirklich richtig gut blasen kann.

Selbstverständlich genießt er heut zu Tage noch genau so, wenn nicht sogar noch mehr, da man sich mittlerweile viel näher und vertrauter ist.

Jedenfalls war es wieder mal so weit, dass sie sein Glied mit ihrem Mund verwöhnte, Mike erinnerte sich im diesen Moment an das Erlebnis in seinem Auto, als sie zu Besuch hier war und ihre Aussage, dass sie damals das erste Mal schluckte und es doch eine größere Ladung Sperma war. In seiner Erregung und der freudigen Erwartung, dass sie wieder mal bis zu seinem Orgasmus blasen würde, flüsterte er ins Ohr, dass sie das Sperma ruhig mit ihm teilen könne, für den Fall, dass es wieder eine größere Portion ist. Für Mike war dies im ersten Moment eine Aussage, welche er einfach mal so in den Raum stellte. Jedoch nehmen Frauen und auch Jessica einen Großteil der männlichen Aussagen oft ernster, als Mann dies vermutet.

Sie hatte also seinen Penis im Mund und verwöhnte diesen auf die unterschiedlichsten Arten, mal saugte sie lediglich daran, dann lutschte sie ihn wieder ab und leckte dabei mit der Zungenspitze über seine Eichel, oder sie presste ihre Lippen zusammen und fuhr damit langsam über die Kante der Eichel, gleichzeitig dazu wichste sie ihn über weite Strecken mit einer Hand.

Für gewöhnlich hält Mann, insbesondere Mike, wenn er einen geblasen bekommt länger durch, bis er seinen Höhepunkt erreicht, als beim reinen bumsen, doch diese Techniken, welche Jessi drauf hatte, brachten Mike zügig zu seinem Orgasmus. Nicht so schnell wie beim vögeln, jedoch schneller als es jede andere Frau bisher schaffte. Und so kam es wie es kommen musste, er hatte seinen Höhepunkt erreicht und spritzte ihr sein ganzes Sperma in den Mund. Sie saugte es förmlich aus ihm heraus, behielt dabei seinen Schwanz im Mund, bis der letzte Spritzer raus war und lutschte ihn im Anschluss noch sauber. Danach kam sie zu Mike hoch, die dicken Backen ließen ihn erahnen, dass sie das Sperma noch nicht geschluckt hatte, mittels eindeutiger Zeichen wollte Jessi wissen, ob er es nach wie vor, durch einen Kuss, mit ihr teilen wolle. Nun konnte Mike nicht mehr aus, er nickte und machte sich auf das Schlimmste gefasst. Sie küssten sich und Jessica ließ einen Teil des Spermas in seinen Mund laufen, welches Mike auch ohne zu zögern schluckte. Es war gar nicht so schlimm als er dachte, im ersten Moment schmeckt es neutral, im Abgang war es dann leicht bitter, ähnlich wie schwarzer Kaffee, das einzige was wirklich gewöhnungs-bedürftig ist, ist die Konsistenz. Nicht flüssig, aber auch nicht fest, ähnlich wie ein Joghurt mit Fruchtstücken, nur ein bisschen flüssiger. Jessi war erstaunt, dass er es wirklich durchzog und Mike stolz auf sich selbst.

Seit diesem Erlebnis teilen sich die Beiden regelmäßig sein Sperma, meistens nach dem Blasen durch innige Küsse, gelegentlich kommt es aber auch vor, dass Mike ihr die Soße nach dem Bumsen auf ihren Körper spritzt, auch da kann es vorkommen, dass sie teilen, zum Beispiel leckt er es dann von ihrem Körper ab und küsst im Anschluss sie, oder sie streichen es mit den Fingern herunter und lecken sich gegenseitig die vollen Finger ab. Mike findet daran nichts schlimmes und auch keinen Ekel, denn zum Einen ist es ja ein körpereigenes Produkt, zum anderen vertritt er die Meinung, wenn man von Frau erwartet, oder sich wünscht, dass sie schluckt, so kann Mann es ruhig mal selbst probiert haben, oder eben auch ab und an mit Frau teilen.

3.

Die Beiden hatten nach noch nicht all zu langer Zeit eine Phase in ihrer Beziehung, in der nicht alles perfekt verlief, da Jessica für Mike damals aber schon sehr wertvoll geworden war, wollte er das wieder hinbiegen und versuchte so viel Zeit wie möglich mit ihr zu verbringen.

Eines Abends war abgemacht, dass er sie, bevor er sich mit seinem Kumpel treffen wollte, in ihrer Arbeit besucht. Jessi ist Arzthelferin, hatte an diesem Tag Spätdienst und war, als Mike gegen 19.30Uhr dort ankam, schon ganz allein, musste jedoch noch einiges an Vorbereitungen und Papier-kram erledigen. Zunächst unterhielten sich die Beiden lediglich miteinander, bis ihre, ja doch vorhandene Geilheit und einige zweideutige Kommentare das Fass zum über-laufen brachten und die Beiden übereinander herfielen. Sie nutzten die komplette Praxis, kein Ort blieb unversucht. Sie lag auf dem Schreibtisch ihres Chef's während er sie leckte, auf der Liege der Patienten wurde in der Missionarsstellung gevögelt, Jessica ritt Mike als dieser im Bürostuhl des Doktor's saß und im Aufzug presste er sie mit dem Rücken an die Wand, stellte sich zwischen ihre Beine, die er mit den Händen hoch nahm und fickte sie im Stehen. Nach dem jeder von ihnen zwei Orgasmen erlebte, sie verschnaufen und während dessen einen neuen Ort suchen wollten, hörten sie die Schritte des Hausmeisters, der sich auf seiner üblichen Schließrunde befand. Da beide nackt waren, die Klamotten am anderen Ende der Praxis in der Umkleide lagen, mussten sie sich verstecken. Sie nahmen die nächst nähere Tür, dahinter war ein kleines Patientenklo in dem sie sich einsperrten, zwei mal zwei Meter und ein winziges Fenster. Da es Sommer war, war es darin nicht gerade frisch. Sie beugten sich mit dem Kopf an die Türe und versuchten zu hören, wo sich der ungebetene Gast befand, doch da die Praxis relativ weitläufig ist, waren sie sich nicht sicher, ob er sich noch auf seiner Runde durch die Räume befand. Dies war aber relativ schnell völlig egal, denn die Geilheit kam zurück und die Beiden bumsten erneut. Zunächst setzte sich Mike auf den Toilettendeckel und Jessi ritt ihn, dann wechselten sie wieder in den Stand. In dem Raum wurde es so warm und so feucht, dass der Dampf an den Fliesen kondensierte und Wassertropfen herunter liefen. Als sie sich wieder heraus wagten, war es mittlerweile halb elf, er brachte sie noch nach Hause, ehe er sich selbst auf den Heimweg machte. Mike's Kumpel war am nächsten Tag wenig begeistert, der am Lokal wartete, doch was sollte Mike tun, er hatte ja nicht mal sein Handy bei sich um absagen zu können. Mit unter dieses Erlebnis schweißte die Beiden wieder zusammen und seit dem versuchen sie auch mal den ein oder anderen gewagten Ort in der Öffentlichkeit.

4.

Das dritte und auch wohl nachhaltigste Erlebnis kam für Mike sehr überraschend, beeinflusste jedoch das Sexleben der Beiden bisher am meisten.
Es war Samstag, die Zwei saßen Abends gemütlich auf der Couch und sahen Fern, nebenbei unterhielten sie sich auch etwas über ihr vorheriges Leben. Aus heiterem Himmel und ohne Vorwarnung fragte Jessica mitten während der Unterhaltung ob Mike schon mal einen Dreier hatte. Anfangs dachte er noch sie würde aus reiner Neugierde fragen, er verneinte und erzählte ihr von der Zeit in der Berufsschule, als ihn seine Klassenkameradinnen damit locken wollten. Im Gegenzug fragte er auch bei Jessi nach, die ohne lange umschweife mit „ja" antwortete.
Nun wollte es Mike genauer wissen und ließ sie erzählen, er war sprachlos, mit so etwas hatte er nicht gerechnet und oben drauf meinte sie, dass sie ab und an gern was mit einer anderen Frau hat.

Er war bedient, aber auch irgendwie erfreut, dass seine neue Freundin nicht nur eine 3-Loch-Stute war, sondern Bi noch dazu. Doch damit nicht genug, da fragte ihn Jessica auch noch, ob er nicht mal Lust hätte mit ihr und noch einer auf einen Dreier. Mike wusste nicht mehr was er noch sagen sollte, in Gedanke schon längst wo anders, nickte er nur noch. Das Alles musste er erst mal sacken lassen, der Sex den die Beiden in dieser Nacht noch hatten, war übrigens richtig geil.

Am nächsten Morgen, bevor sie aufstanden, kuschelten sie noch etwas im Bett und Mike sprach das Thema noch mal an. Nach dem klar war, dass Jessi das ernst meinte, stimmte er, diesmal nicht nur mit einem apathischen nicken, zu und wollte es auch mal versuchen, sie erklärte sich bereit eine geeignete Gespielin dafür zu suchen.

Es vergingen drei Wochen, als Mike wissen wollte, wie weit sie mit ihrer Suche ist, da gestand sie ihm, noch nicht mal begonnen zu haben. Er machte ihr den Vorschlag, dass er eine suchen und ihr diese dann zur endgültigen Auswahl zeigen würde. Jessica ging auf dieses Angebot ein.

Als Mike am nächsten Abend wieder mal zu Hause blieb, begab er, sich seit langer Zeit, in den Chat, in dem seine bisherigen Affären kennen lernte. Er klickte sich durch einige Profil von Frauen, die etwa in einem Umkreis von 50km wohnten. Fand er eine, die ihrem Foto nach ansprech-end aussah und angab Single zu sein, so schrieb er sie an. Dabei ging er immer nach der selben Methode vor.

Er war immer sehr höflich, eröffnete die Unterhaltung mit der Frage, ob er den stören darf, erhielt er von seinem Gegenüber die Zustimmung, so starte er damit, dass es ihn das freuen würde, denn es sei gar nicht leicht, in diesem Chat noch jemanden zu finden, der ganz „normal" und unverbindlich mit jemandem schreiben möchte. Das zog meistens und so konnte er die Damen relativ leicht in einen Smalltalk über alltägliche Dinge verwickeln.

Nach ein paar Minuten wurde er dann dezent direkter, dies begann häufig mit der Frage, aus welchem Grund sie denn in diesem Chat sei. Er formulierte ab und zu einen eindeutig zweideutigen Kommentar, jedoch auf eine charmant, witzige Art, bis die Unterhaltung privater, aber auch intimer wurde. Hatte er die Ladys an diesem Punkt, erzählte er ihnen direkt und unverhüllt davon, dass er ja nebenbei auf der Suche ist, seine Freundin hätte ihn beauftragt eine nette Frau für einen Dreier zu finden. Die Reaktionen darauf waren von Mal zu Mal verschieden, jedoch erfuhr er immer nur zwei

Verschiedene. Entweder schlug ihm Entsetzen entgegen und der Chat wurde seitens der Damen durch einen netten, bis ab und an unverschämten Kommentar beendet, oder die Frauen wurden neugierig und ließen sich in Kurzfassung erzählen wie es dazu kam, um aber danach die Einladung zu den Beiden abzulehnen. Mike gab für diesen Abend die Suche auf, doch schon bald sollte sich das Blatt wenden.

Einige Tage später versuchte er mal wieder sein Glück und nach ein paar Nieten traf er auf Bettina. Sie war Ende dreißig und wohnte einige Kilometer entfernt, jedoch noch im Rahmen des zumutbaren, klang nicht abgeneigt und gab sogar zu Bi zu sein. Soweit ideale Voraussetzungen, letztendlich musste sie Jessi aber auch noch gefallen. Mike chattete noch etwas mit ihr, abschließend gab er Betti die Handynummer von Jessica mit der Bitte das sie sich bei ihr meldet. Am selben Abend fuhr er noch zu Jessi und berichtete ihr von seinem Teilerfolg. Da er aber nicht glaubte das sie sich melden würde, dachte er auch nicht weiter darüber nach, doch ein paar Tage später erzählte ihm Jessica, dass sie sich tatsächlich gemeldet hatte und sie für das übernächste Wochenende vereinbart hatten, dass sie die Beiden besuchen kommen würde. Mike war wieder mal sprachlos, dies schlug jedoch ziemlich bald um und er war aufgeregt, sollte dies wirklich sein erster Dreier werden.

Der abgemachte Samstag war gekommen, Mike musste leider spät arbeiten, was in seinem Fall hieß, dass er nicht vor 21 Uhr aus dem Laden kam, eher noch später. Jessi war darüber nicht begeistert, jedoch störte sie es auch nicht wirklich, sie kommentierte das Ganze lediglich damit, wenn sie sich sympathisch wären, würden sie auch ohne ihn beginnen „Spaß" zu haben. Diese Aussage stachelte Mike an sich zu beeilen.

Als er dann nach der Arbeit endlich zu Hause war, war es schon dreiviertel zehn, kurz davor bekam er von Jessica noch eine SMS, dass der Besuch eingetroffen ist und richtig sexy aussieht, er sprang schnell unter die Dusche, rasierte sich noch im Gesicht und in seinem Intimbereich, stylte sich noch etwas und machte sich auf den Weg zu Jessica. Es war schon 23 Uhr als er endlich eintraf. Vor der Wohnungstüre verhielt er sich ganz leise und versuchte, ob er schon stöhnen hören konnte, doch es war gar kein Geräusch zu vernehmen. Er schloss die Türe auf und betrat voller Nervosität und sehr aufgeregt die Wohnung, rief ein kurzes „Hallo" in den Raum, zog seine Schuhe aus und machte sich auf die Suche nach den zwei

Ladys. Er fand sie in der Küche am Esstisch sitzend, vor sich eine Flasche Prosecco, sie unterhielten sich ausgezeichnet und alberten herum. Mike setzte sich zunächst dazu. Bettina sah wirklich nicht übel aus, sie hatte lange schwarze leicht gelockte Haare, welche sie offen trug, bekleidet war sie mit einer ziemlich engen Jeans, einem schwarzen Oberteil aus groben Netz und ein weisses Top darunter. Die Stimmung war sehr locker, doch keine der Damen hatte Mut genug den ersten Schritt zu tun, was man richtig spüren konnte und sie dann auch zugaben, die sei auch der Grund warum sie noch in der Küche sitzen. Darauf bot ihnen Mike an die Unterhaltung doch zu verlagern, die Örtlichkeit zu wechseln, in das Schlafzimmer, dort können man sich ja auch auf das Bett setzen. Gesagt getan. Auf dem Bett platz genommen, dauerte es nicht mehr lange, da fingen Betti und Jessi an sich gegenseitig zu streicheln. Zunächst etwas schüchtern am Oberschenkel, doch dann ging es schnell, sie umarmten und küssten sich. Mike saß daneben und staunte nicht schlecht, es war ein heisser Anblick, neben sich zwei Frauen sitzen zu haben, die sich innigen küssen. Doch damit nicht genug, er kam mit dem Schauen nicht mehr nach, so zügig entkleideten sie sich während der Küsse gegenseitig. Nun wurde es richtig geil.
Jeder der es ästhetisch findet und darauf steht wenn sich Frauen sexuell miteinander beschäftigen sollte so etwas unbedingt mal live erleben.
Mike selbst blieb irgendwie auf der Strecke, so sehr waren die Beiden Girls ineinander vertieft, größtenteils saß er einfach nur daneben, sah zu und zog sich nebenbei selbst aus. Als er jedoch bei der Unterwäsche angekommen war, bemerkten ihn die Beiden und fielen regelrecht über ihn her. Jessi oben, küsste ihn leidenschaftlich und innig, Betti etwas weiter unten, zog ihm seine Short aus. Kaum das er da nackt lag, wanderte auch Jessica nach unten und die Zwei verwöhnten nun abwechselnd seinen Penis, der schon längst so richtig hart war, in dem sie aussen entlang mit der Zunge vom Ansatz bis zur Eichel fuhren, ihn richtig fest in der Hand hielten und dann auch in ihren Mund nahm um daran zu saugen. Sobald die Eine ihn raus hatte war er auch schon im Mund der Anderen. Mike wusste absolut nicht mehr wie ihm geschah, am liebsten hätte er sofort abgespritzt, andererseits wollte er diesen Akt möglichst lange genießen. Als er so richtig in Fahrt war, ließen die Ladys jedoch plötzlich von ihm ab, zunächst war er etwas verwundert, doch er ließ sie mal machen, da traute er seinen Augen nicht, sie brachten sich

neben ihm in Position und begannen sich gegenseitig in der 69er Stellung zu lecken. Mike betrachtete dieses extrem geile Schauspiel erst noch tatenlos, begann sie dann abwechselnd zu streicheln, wo er eben gerade mit der Hand hin kam. Als nächstes sah er einfach nur zu und wichste dabei ein bisschen, jedoch nur so, dass er auf keinen Fall kommen würde, doch er wollte auch wieder mitmachen und kniete sich zwischen die Beine von Betti, welche unter Jessi auf dem Rücken lag. In dieser Position küsste er zunächst seine Jessica leidenschaftlich, sie flüsterten sich kurz zu wie geil das Ganze ist und schon leckte er Bettina, während sich Jessi weiter von ihr oral verwöhnen ließ und nun zusah, wie Mike seine Zunge durch ihre Pussy führte. Allerdings war es für Mike erregender den Beiden zuzusehen, als selbst mitzumachen, also kniete er sich wieder neben die Zwei und fummelte mal an der Einen, mal an der Anderen etwas herum. Da wechselte Jessica wieder kurz zu ihm und saugte zwischenzeitlich wieder an seinem Schwanz, während dieser Aktion wurde sie von Bettina zu ihrem ersten Orgasmus in dieser Nacht geleckt, welcher deutlich zu hören war. Kurz darauf leckte sie weiter an Betti, diese hingegen lutschte nun Mike's hartes Glied, da Jessica nach ihrem Höhepunkt immer noch bisschen überempfindlich an ihrer Muschi ist und Betti sie etwas runter kommen lassen wollte. Dabei kam es zu einem bleibenden weiteren Erlebnis.

Mike kniete ziemlich genau in der Mitte des Bettes, dieses war 2x2m und stand mit dem Kopfteil direkt an einer Wand. Bettina ging richtig heftig ran, zunächst blies sie nur, allerdings richtig gierig, sie schien seinen Penis verschlingen und komplett leer saugen zu wollen, kurz darauf begann sie ihn auch noch wichsen. Genau in diesem Moment verschaffte ihr Jessi einen Orgasmus, dadurch stoppte sie das Blasen, da sie mit stöhnen beschäftigt war, dafür wichste sie Mike's Glied immer schneller und griff dabei auch immer fester zu, er konnte es nicht mehr zurück halten, erlebte seinen ersten Höhepunkt und spritzte was das Zeug hielt. Genauer ausgedrückt so sehr, dass ein Teil des Sperma's etwa fünfzig Zentimeter über dem Kopfteil des Bettes an der Wand landete. So heftig und mit solch einem Druck schoss das Zeug noch nie aus ihm raus.

Er war erstmal geschafft, doch die Damen legten nun richtig los, als wäre dies Alles bisher nichts gewesen, leckten sie sich in der 69 weiter, immer gieriger und heftiger, zwischenzeitlich fingerten sie sich auch, oder machten alles gleichzeitig.

Mike zog sich erstmal zurück, setzte sich auf einen Barhocker, der im Schlafzimmer stand und trank ein Glas Sekt, während er die Zwei bei ihrem Liebesspiel beobachtete. Er genoss dieses Schauspiel, zu sehen wie sich zwei Frauen, nur zwei Meter von ihm entfernt küssen, befummeln und leckten.

Aufgrund dieser Tatsache war es auch nicht weiter verwunderlich, dass sein kleiner Freund, ganz schnell wieder ganz hart wurde. Er wichste noch bisschen, als Jessi die Stellung wechselte, da sie gerade eben ihren zweiten Höhe-punkt erlebt hatte und ihr Kitzler nun auch etwas Pause be-nötigte. Betti blieb auf dem Rücken liegen, während sich Jessica zwischen ihre Beine kniete, ziemlich nah am Fuß-ende des Bettes und versuchte sie auf die selbe Art zu lecken, wie es Mike sonst bei ihr machte. Genau dies war der optimale Moment für Mike wieder einzusteigen, da er wusste, dass Jessi, nach ihrem Orgasmus, innerlich immer besonders geil empfindlich ist, stellte er sich einfach hinter sie und schob ihr seinen harten Schwanz von hinten in ihre, von Speichel und Muschisaft tropfende Pussy. Er begann zunächst mit sanften, langsamen Stößen, um im selben Rhythmus zu sein, in dem Betti von Jessi geleckt und ge-fingert wurde. In unregelmäßigen Abständen steigerte er dann das Tempo und die Intensität, während gleichzeitig auch Jessica die Heftigkeit des Leckens erhöhte. So ge-schah es, dass kurz darauf auch Bettina ihren nächsten Orgasmus erlebte, während Mike seine Jessi immer noch genüsslich in Doggystyle bumste. Dazu dieses geile Geräusch, wenn das männliche Schambein auf die nackten Pobacken der Frau klatscht. Je schneller und heftiger er sie vögelte, desto lauter und intensiver wurde diese Geräusch. Da er seinen ersten Höhepunkt schon erlebt hatte, dauerte es für gewöhnlich immer ein bisschen länger, bis er zu seinem Zweiten kommen würde und so konnte er sie richtig hart ficken und das auch ohne Probleme über einen längeren Zeitraum. Daraus wurde aber nichts, zumindest nicht in dieser Stellung, da nun mal Betti die Position wechselte, dadurch ließ sich auch Jessica etwas anderes einfallen.

Zunächst ging Betti erst einmal pinkeln und trank auf dem Rückweg etwas, während dessen legte sich Jessi auf den Rücken und Mike bumste sie weiter in der Missionars-stellung. Als Bettina zurück kam kniete sie sich neben Jessica auf das Bett und begann ihre Brüste zu streicheln, die wiederum begann an Betti's Pussy zu fummeln. Es war ein wirklich heisses Erlebnis, welches noch lange nicht zu Ende sein sollte. Jessi reichten diese Fingerspiele jedoch nicht aus, sie wollte Bettina schmecken und so fing sie an sie wieder zu lecken, da dies in dieser Position nicht ganz einfach war, rutschte Bettina hoch zu ihrem Kopf, kniete sich schon fast darüber und genoss die Zungenspiel, während Mike seine Jessica immer noch vögelte, dies stoppte er jedoch kurz darauf, rutschte nach unten, leckte und fingerte sie dafür. Es dauerte nur wenige Minuten und sie erlebte tatsächlich schon ihren dritten Orgasmus in dieser Nacht. Er war richtig erstaunt wie leicht es heute war, dass sie kam, er fand es einerseits beruhigend, zu wissen, dass sie sich trotz einer zweiten Frau im selben Bett und zur selben Zeit so weit fallen lassen konnte, andererseits fand er es geil, dass es sie so dermaßen erregte.

Danach begaben sich die Ladys abermals in die 69 und hatten weiter ihren Spaß, während Mike erst mal wieder zusah und ein bisschen an sich selbst herumspielte, bevor er von hinten unter Betti kroch, die diesmal oben war, Jessi's Kopf mit seinem zärtlich bei Seite stupste und anfing Bettina zu lecken, die mit ihrer Pussy mehr oder weniger auf seinem Gesicht saß. Jessica störte dies kaum, im Gegenteil, sie rutsche heraus, kniete sich neben Mike und begann ihm so richtig einen zu blasen.

Tja, was soll man da als Mann noch großartig machen, eine rasierte, nasse, geile Möse direkt vor den Augen, die Zunge darin und eine charmante, sehr gut aussehende, junge, sehr offene, liebvolle Partnerin, die zur selben Zeit gerade an seinem Schwanz saugt, in solch einer Situation muss Mann ja wohl abspritzen. Und wohin? Richtig! Genau in den Mund der Liebsten, die auch noch so brav ist, schluckt und ihn direkt danach auch noch gut sauber lutscht.

Pause für Mike, die Aktion der Damen ging aber unge-bremst weiter. Gegen fünf Uhr morgens war es dann so weit, Jessica hatte nach ihrem siebten Orgasmus aufgehört mit zu zählen, Mike lag nach seinem vierten Höhepunkt seit einiger Zeit nur noch als Zuschauer im Bett, als Betti er-schöpft aufgab, sie legte sich zunächst an das andere Bettende, während Jessi kurz im Bad verschwand. Als sie zurück kam, war Bettina tatsächlich eingeschlafen, Mike starte, auf dem Rücken liegend an die Decke, und ließ Alles noch mal vor seinem geistigen Auge Revue passieren, sie kuschelte sich an ihn, dabei unterhielten sie sich flüsternd über dieses eindrucksvolle Erlebnis und über die Dinge, die jedem selbst am Besten gefielen. Nur von diesem Gespräch wurden die Beiden schon wieder so geil aufeinander, dass Mike's Schwanz in kürzester Zeit richtig hart wurde, Jessica setzte sich ohne lange zu zögern einfach darauf und begann ihn zu reiten. Sie schielten immer mal wieder zu Bettina hinüber, die aber vor Erschöpfung tief und fest schlief. Bei diesem erneuten Fick dauerte es jedoch nicht bis Mike erneut kam. Nun waren selbst die Zwei am Ende ihrer Kräfte und schliefen Arm in Arm ein. Kurz nach sieben Uhr wachten sie auf, geweckt von Betti, die sich gerade anzog, kurz darauf verabschiedete und nach Hause fuhr. Da Mike und Jessi nun wach waren, nutzten sie diesen Moment sinnvoll und legten eine weitere Runde Sex ein, nach der sie dann aber wirklich am Ende waren und im Anschluss nochmals bis zum Mittag schliefen.

Die Beiden waren sich einig, so etwas sollte auf jeden Fall wiederholt werden, doch daraus sollte in naher Zukunft erst mal nichts werden, denn zum Einen brach der Kontakt zu Betti leider ab, zunächst schrieb sie noch, dass es ihr auch sehr gefallen hatte und es unbedingt eine Wiederholung geben sollte, dann meldete sie sich auf einmal gar nicht mehr, zum Anderen fanden Mike und Jessica kurz darauf einen ganz Anderen privaten Höhepunkt, der sie erst mal nicht mehr an Dreier denken ließ.

Doch in ihrem weiteren Leben erlebten sie noch einige heisse Momente, Spiele und Spielsachen für Erwachsene und so vögeln sie tatsächlich auch noch heute, davon berichte ich aber ein anderes Mal.

Anhang
Sex von A-Z
(Dies sind eigene Definitionen und Tipps, wie, was oder wo man es machen könnte, aber keine Patentrezepte)

Anal: Mag nicht jede Frau, aber auch nicht jeder Mann, ist meiner Meinung nach jedoch eine gar nicht so schlechte Alternative zum vaginalen Verkehr. Grundvoraussetzung für diese Spielart sollte ein Höchstmaß an Hygiene, beider-seitige Lust darauf und besondere Vorsicht (vor allem bei den ersten Versuchen) sein. Wenn Frau feucht genug ist, ist es durchaus möglich, insbesondere wenn es regelmäßig Anal getan wird, nur mit dem Mösensaft auf dem Penis in die Frau einzudringen, leichter ist es jedoch und mehr Freude bereitet es, wenn Gleitmittel verwendet werden. Vom Gefühl ist es für den Mann ähnlich wie vaginales Eindringen, in den meisten Fällen allerdings enger als eine Pussy.

Blasen: Vorsicht! Blasen ist nicht gleich blasen. Liebe Leute, die ihr das zum ersten Mal versuchen wollt, beim „Blasen" am Glied eines Mannes wird bitte nur gesaugt oder gelutscht, aber bitte nicht rein blasen, das tut nicht gut. Ansonsten ist Blasen das orale Gegenstück zum Lecken und in der heutigen Zeit der Emanzipation finde ich den Spruch: „Wer bläst wird auch geleckt" sehr treffend.
Blasen ist aber auch Übungssache, nur den Schwanz in den Mund nehmen bisschen daran saugen und lutschen ist nicht Alles. Das für einen Mann richtig geile Blasen besteht zu dem aus dem perfekten Zusammenspiel von *Lippen* (die gerne mal zusammen gepresst werden dürfen), Zunge (die sich bestens eignet um mit der Spitze von *Sack* in Richtung Eichel zu gleiten, oder die Eichel direkt damit zu verwöhnen) und *Zähnen* (diese sollten sehr gefühlvoll eingesetzt werden eignen sich aber prima um damit vorsichtig über die Kante der Eichel zu fahren, aber vorsichtig, aussende gefällt dies nicht jedem). Wenn eine Zunge gepiert ist, eignet sich auch meist das Piercing anstatt der Zähne zur zusätzlichen Stimulation der Eichel, setzt aber ebenfalls einiges an Können voraus. Wie weit geblasen wird ist abhängig der Sexpartner. Meiner Erfahrung nach wird meist nur bisschen geblasen, um den Penis richtig hart zu bekommen, man kann aber auch bis kurz vor den Orgasmus des Mannes blasen, dies

setzt allerdings voraus, dass man sich zuvor ein Zeichen ausmacht, um nicht doch übers Ziel hinaus zu schießen, aber auch damit der Abbruch des oralen verwöhnen nicht zu rar ist. Viele Männer wünschen es sich bis zum Ende geblasen zu werden. Ist auch gar nicht schlecht, das sexuelle Gegenüber sollte dabei freie Auswahl haben und nicht gezwungen werden, was es mit dem Saft im Mund macht, ob spucken, schlucken oder mit dem Mann teilen, doch die meisten meiner Artgenossen schreckt ihr eigenes Sperma unverständlicher Weise ab, manche sogar sehr, dass sie danach nicht mehr bereit sind küssen, bis ihr Sexpartner Zähne geputzt hat.

Blasen an sich funktioniert in verschieden Stellungen, Positionen und Haltungen, die geilste Stellung dafür, ist meiner Meinung nach, immer noch die 69.

Wie, wo, wie lange und auf welche Art auch immer es getan wird, muss Jeder für sich entscheiden, aber auch hier gilt: Nur was Alle der Beteiligten freiwillig wollen ist auch gut.

Coitus Interruptus: Damit wird korrekter Weise der Samenerguss des Mannes außerhalb der Vagina bezeichnet. In der heutigen Zeit wird dieser Begriff jedoch häufig für den plötzlichen Abbruch des Aktes verwendet. Im der Praxis meist dann, wenn zum Beispiel Jugendliche versehentlich von den Eltern, oder Eltern von den Kindern gestört werden.

Doggy: Ist eine Stellung, in der beide Partner meist knien, z.B. die Frau vor dem Mann. Die Penetration findet hierbei häufig vaginal statt. Dabei gibt es auch verschiedene Varianten, an dem Beispiel Frau vor Mann beschrieben. Frau kann dabei den Oberkörper senkrecht aufrichten, der Penis dringt dann nicht sehr tief ein, Frau kann den Oberkörper waagerecht halten und sich mit den Händen oder Armen abstützen, was ein tieferes eindringen ermöglicht, Frau kann den Oberkörper aber auch nach unten neigen, und mit der Brust auf dem Untergrund liegen, die Arme bei Seite gestreckt, dies macht ein maximales eindringen möglich. Je nach dem wie Eng es beide Parteien mögen, kann Frau die Beine spreizen und Mann kniet dazwischen für einen weiteren Eingang, oder Frau drückt die Schenkel zusammen und Mann kniet links und rechts davon, was eine enge Möse zur Folge hat. Diese Spielart funktioniert aber auch im Stehen.

Ejukalation: Dies ist der Fachbegriff, wenn hauptsächlich Mann, seinen Orgasmus erlebt, bei dem er auch seinen Saft (Sperma) herausspritzt. Dies können aber nicht nur Männer, auch Frauen können „nass" kommen, also spritzen, in der Sexwelt wird das überwiegend „Squirting" genannt.

Fingern: Beim Fingern ist, im Gegensatz zum Lecken, keine Unterscheidung bezüglich der sexuellen Beziehung notwendig, hierbei differenziert man nur nach der Größe des Loches und den Vorlieben der Frau, um zu entscheiden, wie viele Finger man einführt, von Einem bis zur ganzen Hand. Mit den Fingern hat man die Möglichkeit, Frauen innerlich an Orten zu stimulieren, an die man mit dem Penis schwer bzw. gar nicht ran kommt. Ein Punkt, der nach eigenen Selbstversuchen, fast bei jeder Frau zusätzliche Erregung auslöst, befindet sich etwa fünf bis zehn Zentimeter auf der Innenseite der Bauchdecke. Den meisten Erfolg hat man, wenn man diesen Punkt mit leichtem Druck in kreisenden oder vor und zurück Bewegungen mit der oder den Fingerspitzen massiert.

G-Punkt: Viele streiten sich ob dieser Punkt wirklich existiert, selbst Ärzte sind sich in dieser Frage nicht einig. Meiner Meinung nach gibt es ihn, lediglich wann und in wie weit Frau ihn spürt variiert. Am Besten ist er mit den Fingern zu erreichen, dabei fährt man mit einem oder mehreren Fingern, je nach dem, in die Vagina, nach circa fünf bis sieben Zentimeter beugt man diese nach oben (falls Frau auf dem Rücken liegt) in Richtung Bauchdecke. An der inneren Bauchdecke befindet sich dann dieser angebliche Punkt, welcher der Erfahrung nach durch leichte kreisende Bewegungen am Besten zu stimulieren ist, kann aber auch mit schnellerem strecken und wieder einziehen der Finger erregt werden. Oftmals ist diese Stelle erst nach dem weiblichen Orgasmus für Frau spürbar und sensibel.
Ein bekannter Komiker beschrieb diese Stelle ebenfalls mal in einem seiner Auftritte und las dabei eine Wegbeschreibung vor, danach meinte er: „Da muss Mann einen Penis wie eine Cruise Missile

haben". Da liegt er wohl gar nicht so falsch, deshalb empfiehlt sich die Suche mit dem Finger.

Handschellen: Sie sind eigentlich das Fesselspielzeug mit dem die meisten Menschen beginnen. Für die Schüchternen unter uns gibt es sie zur Karnevalszeit sowieso fast überall zu kaufen, entweder aus Kunststoff oder aus Metall und so fällt es wenig auf, dass man sie für ganz andere Dinge benutzt und nicht nur als Ergänzung zu einem Kostüm. Der überwiegende Teil wird sie aber wohl im Sexshop kaufen, persönlich im Geschäft, oder Online, hier findet man sie aus blankem Metall oder mit Plüschüberzug, dieser dient zum Einen der Optik, dass sie nicht so kalt und hart wirken, zum Anderen schonen sie somit etwas die Handgelenke. Als Einstieg oder zum Testen, ob einem Fesselspiele gefallen, sicher nicht die schlechteste Wahl, da sie bereits ab wenigen Euros erhältlich sind. Um seinen Partner jedoch vernünftig an ein Bett oder andere Dinge zu fesseln, sind häufig zwei Paar empfehlenswert, damit man die Arme nicht zu sehr verrenken muss. Aus diesem Grund empfiehlt sich dann doch die Überlegung nicht gleich zu Softfesseln zu greifen, diese sind etwas teurer, nicht ganz so stabil, aber wesentlich angenehmer zu tragen und da sie als Zweier- oder Viererset (für Hände und Füße) erhältlich sind, eröffnen sich einem wesentlich mehr Möglichkeiten.

Kondom: Besteht aus Latex, ist fast immer befeuchtet für ein angenehmeres Gleiten und existiert und vielen verschieden Varianten, in Größe, Farbe, Geschmack und Formen (mit und ohne Noppen zum Beispiel). Vor allem aber schützt es vor jeder Menge Geschlechtskrankheiten, aber auch vor ungewollten Schwangerschaften und ist, insbesondere bei One Night Stands sehr ratsam. Aber auch in einer Beziehung sollte man immer Eins vorrätig haben, man weis ja nie was alles passiert. Wenn man sich gegen-seitig vertraut und auch keine Krankheiten vorhanden sind, spricht jedoch fast nichts dagegen, darauf zu verzichten.

Lecken: Nicht nur beim Lecken ist es wichtig auf Frau einzugehen, da man sich hier aber an einer der sensibelsten Stellen der Frau befindet, sollte es nochmals in den Vordergrund rücken. Perfekt lecken kann auf dieser Welt, denke ich, kein Mann, Frauen untereinander vielleicht, doch das dürfte auch eher wie die „Suche nach der Nadel im Heuhaufen" sein. Zunächst gilt es zu unterscheiden zwischen „One-Night-Stand-Lecken" und „Affäre-" beziehungsweise „Beziehungs-Lecken".

Bei einem ONS kommt es auch auf die Situation und Frau drauf an. Ist er einfach nur zum Druckabbau und die Frau „nur" Mittel zum Zweck ist das Lecken zu vernachlässigen.

Ist der ONS die Folge eines flüchtigen bis weiterführenden Kennen lernen, oder ist ihm sogar eine Date vorausgegangen, die Geilheit aufeinander am Höhepunkt und die Frau im Anschluss noch von Bedeutung, sei es wegen einer Beziehungsabsicht, oder zur Verbreitung, unter ihren Artgenossinnen, dass der Typ gar nicht so schlecht ist im Bett, sollte das Lecken eine Art Visitenkarte sein und in etwa wie folgt geschehen.

Man beginnt <u>nicht</u> sofort wie ein Hund zu schlecken, sondern nähert sich sachte dem Lustzentrum, vorzugsweise auch erst mit den Fingern, mit denen man wunderbar über das Schambein streicheln und die äußeren Schamlippen sanft massieren kann, ohne jedoch gleich nach dem Kitzler zu wühlen. Nebenbei besteht die Option Frau gleichzeitig noch mit Küssen an beliebigen Stellen zu bedecken. Nun ist auf den Zeitpunkt zu achten, an dem sich Frau fallen lässt, beziehungsweise ein gewisses Grundvertrauen eintritt und sie ihrer Lust nachgibt. Dieser Moment zeigt sich bei Frau meist durch das Schließen der Augen, das zurücklegen des Kopfes, einem weiteren Spreizen der Beine, einem ruhigeren und flacherem Atmen, oder Ähnlichem, ab nun sollte man mit der oralen Stimulation fortfahren, in dem man, analog zu den Fingern, mit seiner Zungenspitze zärtlichen an den äußeren Lippen entlangfährt, bei allen umliegenden Regionen, wie dem Schambein, oder den Innenseiten der Schenkel, empfiehlt es sich mit Küssen zu arbeiten, wobei hier durchaus die Zunge gelegentlich zum Einsatz kommen kann, vor allem an den Oberschenkeln. Ist Frau nun bereit richtig geleckt zu werden, überwiegend daran zu bemerken, dass sie ihr Becken dem Mund entgegendrückt, einem endgültigen „Beine so weit es geht spreizen", oder das die Feuchtigkeit der Pussy schon heraus kommt, sollte man diesem Verlangen nachgeben, in dem vom Anus in Richtung des Kitzlers geleckt wird (Ausnahme: Stellung 69). Die Zunge sollte dabei soweit wie Möglich ausgestreckt werden (Männer die im Gesicht nicht frisch rasiert sind, sollten darauf

besonders achten, da es nicht jede Frau mag, oder verträgt, wenn die Bartstoppel über die Lippen schrubben, dies kann man austesten), steht man auf den echten Mösengeschmack und -saft, ist die Spitze der Zunge kurz unterhalb des Loches anzusetzen, wer Geschmack und Saft nicht mag, dem empfiehlt es sich darüber zu starten. Nun gibt man etwas Druck auf die Spitze der Zunge und fährt von unten nach oben, wobei man auch gern etwas im vaginalen Eingang kreisen kann, bevor man sie endgültig in Richtung Kitzler gleiten lässt. Auch hier sollte man den Kitzler nicht sofort berühren, sondern die Zunge erst ein paar Mal darum herum kreisen lassen, ehe man nur mit der Zungenspitze und so sanft als möglich diesen magischen Knubbel ansteuert. Dieser ist entweder durch geradlinige (hoch - runter und/oder links - rechts), oder kreisende Bewegungen zu stimulieren. Zwischendurch kann man auch mal versuchen den Druck der Zunge zu erhöhen, oder mit Hilfe des Mundes ein Vakuum zu erzeugen und den Kitzler in diesem Vakuum durch lecken oder extrem leichtes knabbern zu verwöhnen. *(Sollte eine weitere Erklärung zum genauer Leckablauf nötig sein, ist hier eine Szene aus einem sehr bekannten Film mit einem Hasen ohne Ohren, zu empfehlen, in der der Hauptdarsteller, den Unterschied zwischen Wühler und Co erklärt bekommt, nicht 100% ernst zu nehmen, aber eine gute Ergänzung, dies hat auch Mike geholfen.)*
Gleichzeitig ist es von Vorteil, am besten den Mittelfinger, wenn das Loch groß und nass genug ist, können es auch zwei oder drei Finger sein, der Frau einzuführen. Mit den Fingern sollte man entweder rein und raus gleiten, oder die Innenseite des Schambeins durch sanfte, kreisende Bewegungen verwöhnen, da in dieser Zone der G-Punkt angesiedelt ist. Man kann natürlich auch beides im Wechsel versuchen, dabei aber nicht das lecken vergessen. Dies sollte nun so lange durchgeführt werden, bis Frau spürbar einen Orgasmus bekommt, oder sie sich irgendwie bemerkbar macht, dass sie nun gerne etwas anderes hätte.

Muschi: Dies ist nur ein Begriff von vielen für die weibliche Vagina. Am häufigsten wird dieser Ausdruck in Bayern und Österreich in diesem Zusammenhang verwendet, aber Vorsicht, es gibt tatsächlich Menschen die diesen Begriff auf Katzen beziehen oder verwenden, oder gar als Namen dafür benutzen.

Natursekt: Dies ist ein anderer Begriff für Urin. Eine, wie ich mittlerweile festgestellt habe, sogar relativ weit verbreitete und oft angewendete sexuelle Spielart. Meinen Erfahrungen nach ist dabei häufig der Mann in der devoten, passiven Rolle und lässt sich von seinem Gegenüber anpinkeln, überwiegend irgendwo am Körper, richtige Liebhaber davon lassen sich aber auch in dem Mund urinieren, oft auch damit verbunden, dass sie den Urin trinken. Allerdings scheinen wohl auch immer mehr, vor allem unterwürfige Frauen, Natursektspiele in der Nehmerrolle für sich zu entdecken. Auch bei Natursekt sollte Jeder für sich selbst über gefallen oder nicht gefallen entscheiden, ohne Zwang. Für mich ist dies jedoch nichts.

Orgasmus: Dieser ist eigentlich immer das Ziel beim Sex, bzw. auch häufig das Ende, sei es nur von einer Runde oder dem gesamten Akt, daher auch oft „Höhepunkt„ genannt. Mann gelingt es dabei meistens wesentlich leichter und schneller seinen Orgasmus zu erreichen, während Frau dazu überwiegend länger benötigt und auch, ich nenn es mal „kreativeren„ Sex, als Mann, dem ja oftmals das simple rein-raus genügt. Vor allem bei One Night Stands oder zu Beginn einer Beziehung fällt es Frau schwer sich geistig ausreichend fallen zu lassen um in den Genuss eines Orgasmus zu kommen. Der Liebesakt in einer guten Affäre oder Partnerschaft ist häufig dadurch gekennzeichnet, dass Mann genau weis, was und wie Frau zu ihrem Höhepunkt führt und auch dementsprechend darauf eingeht. Dies muss nicht bei jedem Liebesspiel der Fall sein, sollte sich aber in einem gesunden Maß die Waage halten.

Puff: Ist eine, meiner Meinung nach, sehr nützliche Einrichtung. Ich muss gestehen, dass ich noch nie eins von innen gesehen habe, daher fällt eine Beschreibung wie es darin aussieht aus. Aber allein die Möglichkeit für die unterschiedlichsten Typen von Männern hier ihre Lust auszuleben und die Tatsache, dass es auch Frauen gibt, welche darin ihren Beruf ausüben, verdient vor allem gegenüber der Prostituierten, höchste Anerkennung.
In einem Bordell kann Mann gegen Bezahlung sexuelle Dienste in Anspruch nehmen, dies beginnt beim reinen Blasen bis zum Geschlechtsverkehr. In größeren Häusern hat man ab und an auch

noch die Auswahl zwischen „normalen" Sex oder SM, wobei es für letzteres überwieg-end spezielle Einrichtungen gibt, sogenannte Studios, geleitet von einer Domina. Daher liegt er Hauptunterschied zwischen den einzelnen Bordellen oft nur in der Wertigkeit, angefangen bei der Einrichtung und Ausstattung, bis hin zur Optik und Freude an ihrem Beruf der Frauen. Demnach können auch die Preise variieren, in einem kleinen, bisschen in die Jahre gekommen Puff, sind die Leistungen meist günstiger, als in einem Nobelschuppen.

Quicky: Ist schneller Sex, der im Normalfall gänzlich auf Vor- und Nachspiel verzichtet. Häufig findet diese Form Anwendung zwischen Tür und Angel, auf der Waschmaschine, in der Küche, durchaus auch mal im Fahrstuhl. Orte gibt es dafür viele, zustande kommt er jedoch wenn ein Paar so richtig heiß auf einander ist jedoch eigentlich die Zeit fehlt oder man einfach nur mal schnell seine Geilheit befriedigen will.

Reizwäsche: Wird üblicher Weise von Frauen getragen. In dieses Sortiment fallen eine ganze Reihe an Kleidungsstücken, wobei es von Mann zu Mann unterschiedlich ist, welches Teil ihn an Frau reizt bzw. was Frau an sich reiz-voll findet. So reichen den Einen zum Beispiel schon ein simpler String, andere bevorzugen Strümpfe und Strapse, die nächsten stehen auf Corsagen. Auch gibt es das Alles in verschieden Materialien. Aber auch für Männer gibt es einiges an Wäsche. In einer Beziehung ist immer am Besten, dass man gemeinsam durch einen Katalog blättert und sich dabei ansieht, was beiden zusagt, denn wenn sich ein Teil unwohl fühlt macht es wenig Sinn.

Spielzeug: Gibt es auch für Erwachsene. Dabei unterscheidet man eigentlich in drei Hauptsortimente. Für den Mann, für die Frau und für Paare. Hierbei gibt es viele verschiedene Dinge, wobei für Pärchen hier der selbe Grundsatz wie bei der Reizwäsche gilt, gemeinsam aus-suchen bringt den meisten Spaß. Jedoch darf auch gern etwas Risiko oder Experimentierfreudigkeit die Auswahl unterstützen, denn viele Spielsachen würde man auf den ersten Blick wohl eher nicht kaufen, doch wenn man sie erstmal ausprobiert hat ist es geil sie zu haben. Kataloge sind auch hier hilfreich, doch ist ein Besuch in einem Sexshop oder einer Erotikmesse, wo man sich im Ernstfall beraten lassen kann durchaus zu empfehlen.

Titten: Werden häufig auch Busen oder Brüste genannt. Sie dienen nicht nur einem Säugling zum Stillen, sondern sind meist auch eine der erogensten Zonen der Frau. Es gibt sie in vielen Größen und Formen, mit und ohne künstliche Füllung, welche Formate bevorzugt werden, muss jeder für sich selbst entscheiden, wobei Jede ihre Vor- und Nachteile hat, aber genauso auch reizvoll ist. Je nach Frau kann sie mal härter oder sanfter massiert und geknetet werden. Die Nippel verwöhnt man am Besten oral mit der Zungenspitze, es kann auch daran gesaugt, oder mal sanft und vorsichtig hinein gebissen werden. Sollte Frau es härter, fester, wilder wünschen, teilt sie dies in den meisten Fällen mit, bzw. sollte sie dies tun, vor allem in einer Beziehung damit sich der Partner darauf einstellen kann.

Unterwerfung: Die Unterwerfung ist eine, mittlerweile gar nicht mehr so seltene bzw. spricht man heutzutage offener darüber, sexuelle Spielart, in deren Rollen sich gerne beide Geschlechter wieder finden. Der Evolution zufolge ist meist die Frau die Unterworfene, doch auch die Männer nehmen immer öfter diese Rolle ein. Seinen Ursprung dürfte das ganze wohl im Bereich des SM haben, wird aber immer mehr in abgeschwächter Form immer häufiger in der alltäglichen Beziehung praktiziert. Die Beiden Partner werden meist als Dom (Dominant) und Dev (Devot) bezeichnet, wobei im Alltag dies oft auch abwechselt und viele sich somit Switcher nennen. Ein Teil des Paares nimmt dabei meist den Befehlsgeber ein, der Andere den Befehlsausführer. Da diese Praxis überwiegend sehr großes Vertrauen gegenüber seinem Spielpartner voraussetzt, erfolgen diese Befehle in einem Spiel zumeist durch Gesten oder zielgerichtete Bewegungen. Erlaubt ist dabei was den Teilnehmern gefällt, sollte aber keinesfalls irgendwelche Gesetzesgrenzen überschreiten.

Viagra: Ist eine kleine, blaue Pille für den Mann, die bei

Erektionsproblemen helfen kann. Junge, gesunde Männer können damit aber auch viel mehr Spaß haben, wie im Selbsttest erfahren und im zweiten Teil von „Mike" zu lesen sein wird. Jedoch sollte man es mit der Einnahme nicht übertreiben, sich zuvor von einem Arzt durchchecken lassen und auf die Signale seines Körpers achten, da diese Tablette unerfreuliche Nebenwirkungen mit sich führen kann.

Weiblicher Orgasmus: Ist keine Seltenheit, jedoch brauchen die meisten Frauen länger und häufig auch mehr Einfühlungsvermögen als Männer. Es ist jedoch durchaus zu empfehlen Frau einen Höhepunkt zu verschaffen, da Mann dann zum Einen nicht als Egoist da steht, zum Anderen so ein weiblicher Orgasmus einige weiter Möglichkeiten mit sich bringen kann, auch Frau ist danach oft viel entspannter. Am besten oder ehesten ist der Orgasmus einer Frau am unkontrollierten, in kurzen aufeinander folgenden Stößen, zittern der Beine und dem zeitgleichen verengen der Vagina zu erkennen. Dies ist aber keine Garantie, ein geübte Frau kann dies auch ohne Höhepunkt durch Muskelanspannen und ja gelegentlich spielen sie einem durchaus mal einen Orgasmus vor.

Zwang: Ist unterschiedlich aufzufassen. Es gibt sexuelle Szenen und Spielarten zu denen Zwang dazu gehört, die wohl am weitesten verbreitete und am häufigsten benutzte Abwandlung davon sind Fesselspielchen, der Zwang ausgeliefert zu sein, in diesen Fällen ist dies aber von beiden Seiten so gewollt.
Zu etwas gezwungen werden, dass nur auf einer Seite basiert, nicht aus gegenseitigen, freien Stücken passiert und in keinster Weise einem Rollenspiel oder manchen SM-Spielchen dient ist grundsätzlich abzulehnen. Davon sollte man sich stets distanzieren und schlimmsten Falls weitere Schritte einleiten.

Bibliografische Information der Deutschen Nationalbibliothek:
Die Deutsche Nationalbibliothek verzeichnet diese Publikation
in der Deutschen Nationalbibliografie; detaillierte bibliografische
Daten sind im Internet über dnb.dnb.de abrufbar.

© 2019 Avon Asac

Herstellung und Verlag: BoD – Books on Demand, Norderstedt

ISBN 978-3-7494-0619-7